揚眉策馬

黃秀蓮

序一　序黃秀蓮的《揚眉策馬》

鍾玲

乍看書名《揚眉策馬》還以為黃秀蓮是刻畫巾幗英雄，如花木蘭、梁紅玉之輩。原來在〈揚眉策馬〉這篇散文中，描寫的是一位褓姆車的女司機，接送她上學四年。讀完方知，黃秀蓮用了反諷手法，司機屬社會基層工作，但是由六、七歲小女孩的眼看世界，這位女司機盡心保護每一個小乘客，膽大心細技高，馳騁在眾車橫行如戰場的馬路上，她的確是位出類拔萃的女英雄。

《揚眉策馬》共收六十篇散文，前四輯「傷逝」、「思舊」、「惜今」、「談文」寫於二〇二〇至二〇二二年，屬近年著作；第五輯「回眸」收短文三十多篇，寫於一九八五到一九八八年。黃秀蓮體察人物、事物的細膩，她推陳出新的文字，她文字背後的溫暖，跨越時空三十年而延續，且相互映照。近期作品的思情和文字更加綿密、細緻。

本散文集描寫作者在香港生活中的感受。可以想像她細細地品味身旁的人物、事件、物品，用典雅的文字，精準地描繪其面貌。第一篇〈情義像鐵軌一樣長——悼穩哥〉中的主角黃定穩先生，即黃秀蓮的堂姐夫，我不只見過，而且因為秀蓮，受過他的恩惠。二〇〇三年我由台灣遷到香港，到浸會大學任職，新居需要購置音響器材，秀蓮請黃先生幫忙，他帶我們去他熟悉的音響店挑選一套物美價廉的器材，三人把大盒小盒由港島搬到華景山莊我家，大件的當然是他幫手。黃先生非常熟練地組裝音響，還仔細地試音，是一位周到的謙謙君子。更重要的是黃秀蓮跟我的交情又深又遠，她看來弱不禁風，卻非常會照顧人，二十年來我多次受到她的貼心照料。因為黃秀蓮和她堂姐夫的恩澤，讀這本文稿，特別親切。

《揚眉策馬》這本書中，描繪的人物多屬基層，他們過平實的生活，在秀蓮筆下卻顯露尊榮和英豪之氣。〈揚眉策馬〉的女司機，「雙目斜望目標，眼尾不忘眄盼，留心六路。一臉堅定，『用志不分，乃凝於神』」，一副女戰士的神態。〈工廠的歲月〉中，為了幫補家計，十一歲的秀蓮下課後到親戚開的山寨工廠當童工，她母親常當朋友面說，等女兒小學畢業就去成衣工廠做女工；疼愛秀蓮的姑婆立刻仗義反駁：「佢係讀書材料（她是讀書的材料）。」要不是抑強扶弱的姑婆，我們的散文家不知會流落何方。〈思舊賦〉中描寫秀蓮去探望童年的鄰居，都是八十多歲的老太太了，當年這些年輕的鄰居太太可是她的緊鄰，粵語稱她們為「師奶」，「一層唐樓之內住滿了七門八戶」。其中一位在秀蓮讀初中的時候常縫製裙子送她，秀蓮考取中文大學無法籌措到第一學期學費，他們夫婦就慷慨借錢，真是輕財重義。

在《揚眉策馬》一書的文字背後，作者流露對人對物的溫暖情懷。〈塵垢〉此篇的題目我一看就起疑竇，常用的詞語是「塵埃」，暗示塵俗、卑微之意，為甚麼用「塵垢」二字？讀到散文中段，作者童年時坐褓姆車，有一次意外停在公屋屋邨外，看見鄰居張姨在屋邨露天地方掃地，「穿上深藍制服，身型好像比平日更臃腫，頭髮也更凌亂」，小秀蓮在車上忽然大哭。我讀畢全篇才了解，張姨是基層社會的底層，清潔工在「工種中最卑微，待遇也很差」，此外她未婚生子，連在自己家裏，在唐樓貧窮的鄰居之中，也受輕蔑。當小秀蓮親眼見到張姨掃地，剎那間明白了張姨受社會鄙視的處境和忍氣吞聲的委屈，她的工作與塵垢為伍，她自己也被社會視為塵垢，垢是指骯髒的垃圾。所以小秀蓮為她大哭。這一哭震撼人心，也顯示作者為他人設身處地的慈悲情懷。

本書的最後一篇〈水仙〉描寫作者一項特殊技藝：如何把水仙球莖製作成舊曆年水仙盆景。水仙的球形根莖被褐色皮衣包的密實，她會熟練地剝皮，再用小雕刻刀刮泥、刮根部，以刺激生長。刮着刮着，作者卻說：「水仙給小刀一下又一下的刮下去，一定叫痛了。」真的是溫情及物。〈處處聞啼鳥〉描寫作者住家附近多樹，所以她愛聽鳥鳴。但是下雨時分她就替鳥擔心了：「不知鳥棲於何處？在簷下？在冷氣機頂？在密葉間，任篩灑而下的雨水直淋？」她為鳥兒設身處地的關切溢於言表。接着寫說：「窗外忽有數聲鳥噪，天正放晴哩！」不遑多讓蘇軾的「春江水暖鴨先知」，她聽到鳥兒的聒噪，才悟到雨停天晴了，這是透過鳥的感覺來體悟氣候的變化。文章此處作結，也透露作者所持的正面人生觀，這種結尾，不只一篇。

黃秀蓮的散文文字如織錦：白話文是經，詩賦紋理是緯，織就新陳密合的凝練。

古典詩賦的一大特色就是對仗排比，作者用精確的白話文，以對仗排比呈現獨特的典雅風格。〈蝴蝶花裏水仙操——悼詩人譚福基〉中她以對仗手法形容譚詩人和她的交往：「相識得奇妙，永別得急遽。」這對句總結他們友情的開始和結束。秀蓮在二〇二〇年抗疫網上演唱會獲知陳耀南教授的消息，感念陳教授多年前的幫忙，發表了一篇散文〈陳耀南教授二三事〉，正為難如何把文章交給陳教授，就收到譚福基的電話，原來譚受到他老師陳耀南的託付也正在尋找她，秀蓮和譚福基的相識是靈犀一點通，所以說「相識得奇妙」。十個月後二〇二一年四月秀蓮約了譚福基在太古城午餐，卻等不到人，打電話問譚太太才知道他當日早上中風無治了；真是「永別得急遽」。秀蓮用排比手法來呈現跟譚福基結識的因緣：「生於堪驚疫情，源自師生厚誼，成於眾裏訪尋。」排比的文字典雅而凝練。

黃秀蓮的散文文字如織錦：鮮明的實相是經，充滿想像的意象是緯，織就意想不到的比喻。〈吊船游走外牆間〉描寫屋邨大廈外牆的翻修工程，是由大廈住客的視角來寫。這一段文字有工程的寫實描繪，她觀察細緻，狀物寫得翔實，更有精彩的比喻意象：「窗外多了好幾條繩索，吊船上下游走，師傅立在吊船，空中飛人似的上天下地，……鐵手臂轆轤般滾動，慢節拍『格——格——格』緩緩響起，拉動繩索，吊船上下移動，於是空中飛船船上客，窗前掠過，……」吊船是工程的器具，一種四面圍欄杆的工作台，用繩索起重裝置控制它的升降。作者巧妙的比喻目不暇給，包括把師傅比為「空中飛人」，把起重裝置比為「鐵手臂」，把吊船比為「空中飛船」。後來再發展吊船形象為

「戶外升降機」：「靈活升降，打通局限，直達任何一層，像戶外升降機，直上白雲，穿梭陽光。」作者營造比喻，充分發揮她豐富的想像力。

黃秀蓮的散文文字如織錦：兩難的狀況是經，誇張的形容為緯，織就令人叫絕的詼諧。〈揚眉策馬〉有一段文字非常好笑，描寫褓姆車超載時，路上出現交通警察的應變情況。女司機和十多個小娃娃的兩難窘況是，女司機會被交通警察抄牌罰款，娃娃們得蹲下躲藏以度過危機：「縮頸彎腰，不讓交警發現人頭攢動。藏匿暗處，蒙混過關，八仙渡海，一待危機過去，立刻彈起，嘻哈大笑，拊掌歡呼。……上演一場兵不厭詐的好戲。一丁點的成功脫罪竟帶來極大勝利感，……」由「縮頸彎腰」開始到「拊掌歡呼」，一連用了九個四字詞，營造了一種嚴肅凝重感。又以誇大的場面作比，收對比的幽默效果：明明是十幾個小孩，用「人頭攢動」來形容；明明是小朋友閃躲片刻，用「八仙渡海」來形容；明明只是躲罰單，寫成戰場上用計謀，寫成犯大罪者成功逃脫。作者深諳誇大之道。

詼諧的效果常源自自我調侃，作者能客觀地跳出自我，俯瞰自己的兩難困境，加油添醋地調笑。〈榴槤香裏細端詳〉則通篇筆觸幽默。榴槤這種水果產生的兩難情況是，大多數人認為榴槤惡臭，避之不及，偏生作者以之為香，好食其味。所以作者誇大地、客觀地描寫她如何在超市以專家的精湛眼光挑選榴槤：「低頭嗅嗅，渾然熟透的，從首到尾，散發香氣，拼盡誘惑。」並以《莊子・養生主》的「庖丁解牛」為對應文本，「動刀甚微，硬殼剖開，淡淡金色的果肉依偎殼內」，讀來令人發噱。原來秀蓮還是一位高明的笑匠。

讀《揚眉策馬》我體會到，黃秀蓮觀察細緻，狀物翔實；她的文字凝練、典雅，新舊文體密合；善用充滿想像力的比喻；又以其誇大的彩筆，調侃兩難的窘況，有幽默大師的架式。書中的人物描寫能突顯基層的尊榮和英豪之氣。書中的敘述對人、對動物、對物品流露溫暖的仁心和正面的人生觀。由以上《揚眉策馬》集的特色觀之，黃秀蓮的散文在華文世界自成一家。

序二　讀秀蓮：不悲過往，不貪未來

傅紅芬

秀蓮是念情的女子。從上世紀八十年代迄今，她所有的文字，幾乎都在訴說一段情，追憶一個人，甚或一碗風雪夜薑湯，一盅炎夏日冬瓜。故人故物舊場景，皆在她的感懷中。

本書從「傷逝」開始，在「思舊」、「惜今」中「回眸」。不悲過往，不貪未來，秀蓮字如其人。

「『記憶像鐵軌一樣長』，記憶有多長，情義就有多長。」

秀蓮重情重義，她筆下的穩哥、譚福基校長如此栩栩如生，「塵埃漫飛，讓人懷念」，我分明看到她眼角晶瑩的淚滴。這個從小就心慈敏感的女孩，在逼仄環境中長大卻有善根。〈塵垢〉一文中小小秀蓮看見鄰居張姨頭髮凌亂，執着掃把，艱難搵食，竟然難過得哭出聲來。〈思舊賦〉中的舊鄰居在她病中連續幾天的手做田雞焗飯，令我等讀者同感老式人情，五內俱溫。

秀蓮也俏皮，在回憶大學舍堂生活時，提起女同學與社工系男生窗下「密約的暗號是一聲口哨，……我一直讚賞他聰明，吹吹口哨，不是比在窗下直喊女友芳名來得浪漫而含蓄嗎？」。（〈吹口哨〉）

不知為何，在〈揚眉策馬〉中讀到褓姆車陳太的故事，總令我想起長大後依然瘦弱卻自尊自立自省的秀蓮。陳太或是秀蓮童年歲月的重要導師，令秀蓮早早知曉女子如何以專業、堅毅、品德立身於香港社會，有朝一日「強而不悍，能而不矜」，揚眉吐氣。

讀秀蓮的文字，總有一種「杯且從容，歌且從容」的沉靜。唐樓，板屋，天台，當舖，修補外牆的吊船，各色人等穿梭的升降機，疫情中昭君套下的新生兒，哪怕窗外月色，秋冬飄蕩的北風，一株水仙，工廠歲月，在秀蓮筆下都化作有血有肉、無尤無怨的文字。那是因為執筆的女子無論芳齡幾何，總是一腔深情。

跟隨秀蓮文字的腳步，讀者可以穿越深水埗唐樓狹窄煙火氣的市井生活，走進她從童年到少女到青春時代的所有情懷，直到如今她淡泊寧靜如蓮般的歲月。這是香港與香港人的故事，勤力，克制，堅毅，奮發，亦有迷茫與低徊，最終唱出的是一曲〈獅子山下〉。

多年前我曾有緣忝為香港優秀散文作家黃秀蓮的編輯，此後經年，成為心靈之友，彼此關懷，長情細流，是我三生有幸。

二〇二一年十月於沙田山居

序一　序黃秀蓮的《揚眉策馬》　鍾玲　3
序二　讀秀蓮：不悲過往，不貪未來　傅紅芬　11

一　傷逝

情義像鐵軌一樣長——悼穩哥　22
蝴蝶花裏水仙操——悼詩人譚福基　30

二　思舊

塵垢　40
供死會　48
健康風采射籃時　51
思舊賦　55
揚眉策馬　60
北風飄蕩　67
西家不打打東家　74

三　惜今

吊船游走外牆間 82

死角 87

春臨中大 90

空姐煎炸奉坊鄰 95

榴槤香裏細端詳 98

邂逅月色在東窗 101

詠薑二題 104

霜落冬瓜 110

細雨酥潤年初七 112

拈花不微笑——老人院舍心意奉 115

燒臘香脆慰餘年 120

四

談文

且說《牛津道上的孩子》 126
序《記取芳菲時節》 129
怎唱《鳳閣恩仇未了情》？ 134
賞析《書香尋蹤遊——民國作家在法蘭西》 137
不負十娘負虞姬——析白雪仙所演角色 139
青芽初露　嘉木成蔭——序《我的青芽歲月》 145
一任燈釵送冰兒 147
且譯且教且《談心》 150

五　回眸

八十方呎內 156
當舖內外 161
窗外風景 168
吹口哨 170
千千結 173
包書的回憶 175
旗袍 179
俗緣 181
超級大猩猩 184
工廠歲月 186
最怕夏日長 189
名人情人 191

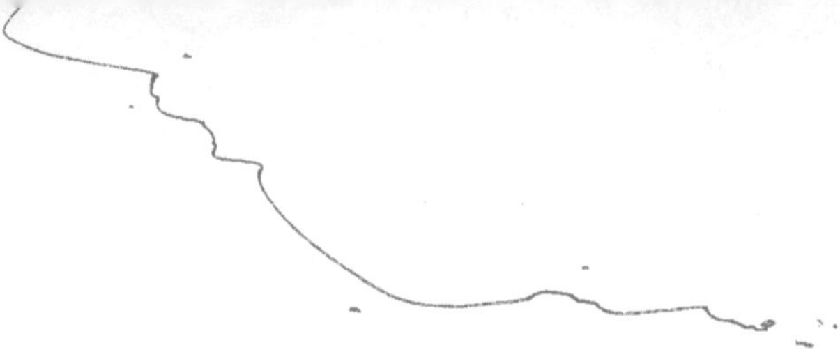

古董手錶 193
行李箱 195
單車場 198
薑花密約 202
菲傭所無的 204
盤上算　珠上聲 206
家貧出孝子 208
夜上太古樓 211
小白兔 214
多睡一會兒 216
燉奶 218

舞台化裝 220
處處聞啼鳥 222
大帽山下 224
流鶯 226
香雲紗 228
採標本 231
天台小學代課 234
尋花問柳在花墟 238
水仙 241

附錄 秀蓮老師 吳以然 244

一　傷逝

情義像鐵軌一樣長——悼穩哥

「記憶像鐵軌一樣長」，記憶有多長，情義就有多長。

在一九七六年八月，堂姐秀姚于歸出閣，嫁予銀行同事黃定穩先生。猶記她說愛情對雙方都是很大的鼓勵，還向我簡介新郎的為人，那簡介到位而謙虛，像她一貫低調的風格。我是她唯一的堂妹，感情素來厚密，順理成章地成為她的伴娘。穩哥家在新界，姚姐居於港島，喜宴分兩天慶祝，恰巧中文大學此時舉行迎新營，我這新生不假思索就推掉了迎新盛會，一心要充當不伶俐的伴娘，記憶就從迎接新娘喜氣瀰漫那一刻開始。後來又在火車上相遇，原來他倆每逢假日都回新界老家，晨昏定省，克盡孝道。柴油火車在鐵軌上晃晃然前進，那時一小時才一班車，車廂水洩不通，挑擔的還鄉客尤其多，穩哥一見我，立刻讓座，關顧也彷彿自那刻開始。

大學站到旺角的車程要半小時，一路傾談，以及日後相交，更覺穩哥人如其名，氣定而行穩。司馬懿對諸葛亮的評語——「平生謹慎，不曾弄險」，這八個字移用於穩哥，非常貼切，除非成竹在胸，否則不會有所行動；從不失手，永不失言，已然金漆招牌。謹慎而負責，學富而樂助，讓他很快就在親戚之間建立口碑，成為眾口交譽的人物。姻親之誼，可濃可淡，印象的積累前後歷數十年。

我母親常說：「秀姚命好，嫁得好丈夫。」我父親一向沉默，有次也跟我說：「你買傢俬為甚麼不找定穩陪同呢？他甚麼都在行！」「甚麼都在行」的相反詞是「周身刀冇張利」，分別在哪裏呢？猜想我父親從日常細節觀察出穩哥說甚麼都頭頭是道，不止條分縷析，更能徹底解決，事情一經他手，一定完美周密，這是長期地格物致知，然後積學儲寶得來的功力。

姚姐婚後仍留銀行工作，穩哥則轉到運輸公司任經理兼會計，其實以他

情義像鐵軌一樣長——悼穩哥

做事之精準，若留在銀行，早就擢升要職了。工作之餘另有愛好，最愛鑽研電學，無線電文憑和電工執照都擁有，有次手執一團電線說：「電這東西絕對難不倒我，除了在牆上釘電線而電線拉得不夠筆直外。」充滿自信，同時流露出完美主義者的追求。若沒親眼看見，很難想像他外表十足書生，居然有本事手執電鑽，隆隆然幹其粗活，家庭裏的小型工程也絕對難不倒他。他最愛在深水埗鴨寮街流連，有眼光有識力，尋常貨色絕對看不上眼，只挑選優質的 HiFi 配件，然後往茶餐廳嘆下午茶，從從容容，自有寧靜淡泊之志。

「記憶像鐵軌一樣長」，記憶有多長，情義就有多長。

一九九三年年底我初次置業，當時銀行不輕易批出按揭貸款，因為年關在即，銀根緊張；有朋友拍心口說能夠代勞，怎知沒了下文。姚姐知道事情不妙，她任職那銀行已「冚水喉」，連忙漏夜向行家兼親戚求助，終於求得最後一個限額，再無餘額了，可謂驚險萬狀；事前一聲不響，事成之後才通知我去辦手續。多年後我提起舊事，她說完全忘了；這不表示記性欠佳，而是她習慣地不把自己的付出記在心上，故此心情輕鬆，悠然自得。穩哥凡事精細，選擇妻子當更考慮周詳，必先肯定對方待人的溫度相近，處事的態度相仿才結髮相守的。歲月證明姚姐的智慧足以配合丈夫，胸懷足以凡事包容。「秀姚命好」固然是事實，不過這只是成功的前半部而已，純憑命好，未必能維繫四十多年的琴瑟和諧。夫妻同心，其利斷金，同甘共苦的生活是含金的，金質在風雨中已鑄在三生石上了。

徐志摩說他此生的足跡，大概都尋得出感情的線索來。同樣地我在深水埗長大，卻卜居於港島之東，不少朋友都有點奇怪，其實這也尋得出感情的線索來。他們搬到東區已久，「桃李無言，下自成蹊」，我很自然就買下附近的房子。從前我住九龍西，遇上甚麼難題如電器電腦等，穩哥一趁餘暇，竟不辭路遠親來幫忙，隔數天又致電再問機件狀態，再三叮囑。我起初覺得受之有愧，可是他說：「大家是自己人，能做的我一定做。」忝為唯一的堂妹，緣分、福分之所會，既然他覺得能夠關顧我就很安心，那麼我也應該欣然受助，不然就見外了。無私的關顧，讓我漸漸變得依賴，電腦一有毛病就驚惶求救，他大概早已接受我慌慌張張的聲調。

關顧出於天性，推而廣之及於客戶，每見涉及安全，必好言提醒。至於他專精的電學，從小電器到大機械，例必不厭其詳地提點：怎樣開關才減低損耗？如何運行才確保不生意外？怎樣清潔保養才經久耐用？萬一失靈又該檢查哪裏？……或認為如此周到，於公司何益？可是他說：「明知道這樣做有益處，偏不告訴人家，這不是我的本性，我過不了自己那一關。」善良，所以關顧；自負，所以不屑；自信，所以不亢不卑。

轉職若干年後，太子爺掌權，劉後主一樣厭惡舊臣；之後的機緣際遇，輾轉多艱，心事難言，自然催生了華髮、蒼老了容顏。分明有才幹有承擔，偏落得中年侘傺，真教人長嘆；難得堅忍不移，依舊溫柔敦厚。苦撐數年，終於捱到二〇〇三年女兒醫科畢業，兒子也快要成為工程師，才卸下失意，揹起相機，夫妻四方遊歷，展開完美之旅。

人才之中有通才與偏才之別，穩哥屬於通才，質兼文武，仁智並茂。解說事理時侃侃而談，儼如大學教授；指揮公司運作，氣定神閑如儒將。他曾為搬運公司命名為「威揚」，我笑說像武俠小說的鏢局，木頭車轆轆地攀山越嶺，一面寫着「威揚」的旗幟隨風飄揚。他也笑道：「正是此意！現代搬運猶如古代鏢局押運，務必安全送達。」做甚麼都盡心盡力，完美妥當，正是儒家「君子求諸己」的理想。要是他生於古代，不論官拜一品，抑是屈居七品，都必然是為民福祉的父母官。

「記憶像鐵軌一樣長」，記憶有多長，情義就有多長。

汽笛悲鳴，輓歌低徊，白煙如霧，氤氤氳氳，柴油火車轟轟隆隆啟動。剛滿七十歲的穩哥，擺脫了急性淋巴癌的疾苦，既穩定又從容，攜着一篋完美主義，安坐在車廂裏，火車一去不還。枕木斑駁，印滿了我所受的恩澤，鐵軌有多長，情義就有多長。

二〇二〇年十二月

我姐夫黃定穩先生是儒家理想型的人物
（一九八四年）

蝴蝶花裏水仙操——悼詩人譚福基

譚福基校長跟我相識得奇妙，永別得急遽，從識荊至今只得十個月，見面僅僅六次，如此短暫，那麼匆匆，沒有經歷歲月的沉澱，更未有為義氣而兩肋插刀的機會。純然君子之交，卻難以解釋地建立了異乎尋常的互信，甚至竟有肝膽相應的感覺。

二〇二〇年許冠傑之抗疫網上演唱會聽得我十分感動，搜尋資料方知道他是陳耀南教授的學生，想起自己曾承陳教授幫忙，感念在心，發而為文，乃有〈陳耀南教授一二三事〉。拙作發表後，正愁文章主角讀不到，翌夜短訊忽然傳來，來者說是陳教授的英華學生譚福基。譚福基，名字很熟哩，啊，是了，是

《詩風》健筆。原來他受了老師所託，展開了一段「尋人記」，終於不辱使命，在茫茫人海中把我尋出來了。一場相識，生於堪驚疫情，源自師生厚誼，成於眾裏訪尋。起點來得出奇，終點停得倥傯，人生遇合，豈能逆料？

論輩分他是半長輩，故此我稱他為譚校長。大家都住港島之東，茶聚方便，他總是體貼遷就，約在我家商場品茗。裊裊茶香，話題集中於英華歲月和姜夔情詞。談英華，牛津道滿載故人足跡，聽英華有情舊事，分外親切。他說：「許冠傑長得高，坐在最後，我最鍾意走到後面，摸摸弄弄他的頭髮。男孩子，哪有頭髮那麼柔軟的？」「當年我們那班只得二十多人，一共有十多人考入港大。校長艾禮士（Mr. Terence Iles）主政時代，英華勢頭很好。」可惜後來校長受窘謠言，校董會竟不支持，將他解僱。其後輾轉多艱，校長黯然移居菲律賓，舊生重義，成立基金為老校長生養死葬。往事淒然，他滿懷惋惜，唏噓再三。

說姜夔，因為彼此都愛寫作，於文學體會較深。他研究姜夔，去年出版了《蝴蝶一生花裏——八百年前姜夔情詞探隱》，書一印好，翌日立刻送來，一送就是兩本；一時未解其意，答案是「一本保存，一本做筆記」。他想得周到，這本書深耕細作，必須精讀，果然我要用黏貼紙、鉛筆、熒光筆留下感想。他則隨手拿起餐巾紙，畫了地圖，標示數個地點，說先要去常熟訪舊，然後沿着姜夔坎坷一生的步履遊歷，希望可從依稀景物尋覓白石詞的資料。這是嚴謹的治學態度，也是逍遙的生活取向。

對於姜夔娶蕭德藻侄女，背約負盟，我頗表不滿。他可不跟我辯論，卻虛擬蕭夫人氣焰，怒罵窮鬼丈夫：「想死呀！」維肖維妙，一句點中姜夔困局，真把我笑破肚皮。我一向頑固，當下也轉念了，白石的如意算盤大概是先入贅高門，待謀得一官半職後，再迎娶青樓舊愛入門為妾，殊不料盡皆癡心妄想。他這種庖丁解牛式的說話技巧，若不經意，已流露出圓熟的智慧。

跟他聊天真有意思，敢以有趣、有才、有學、有情來描寫。

第一次飲茶，他就笑說：「我有時會和校工打麻雀，每次都是我輸。」「您是魚腩哩。」難道麻雀癮那麼大？難道沒有雀友？當下我沒有把話說破，這其實是〈醉翁亭記〉的詼諧版，讓校工贏錢贏面子，不就是「人知從太守遊而樂，而不知太守之樂其樂也」嗎？

他跟我一樣在唐樓長大，他住旺角，我住深水埗。有回做生物實驗，要解剖蟑螂，何處捕捉蟑螂呢？同學為難了。他卻拍心口道：「你們要多少隻，我就捉多少隻回來，我家廚房無限量供應。」原來廚房牆壁沾滿油煙，油跡厚得可以黏住蟑螂腳爪，他隨時手到擒來。我筆下的唐樓輕漫哀愁，他口中的唐樓蟲蟻橫行，大家都出身貧寒，很多共鳴。或以為以校長地位，跑去與校工決戰四方城，是故意放下身段，但是我推測他的 DNA 裏頭不沾庸俗，像蘇東坡那麼自在交友就夠快活了。

說他有才，得介紹《水仙操》和《蝴蝶一生花裏》，前者是小說和評論，後者是精微深入的姜夔研究。他尚有許多詩詞對聯仍未付梓，且舉幾個例子。對聯「負郭漫成無俗志，枕山閑讀五車書」、「橫波灩灩催新綠，遠莆萋萋起

蝴蝶花裏
水仙操——
悼詩人
譚福基

白頭」，是南丫風光；「一瞬相逢猶覺恨，薄情分隔見無門」道盡男女離合，淒怨欲絕。〈滿庭芳．中秋〉下片：「涵光。清氣潤。翠深庭院，花薄天香。雁啼秋水遠，無處商量。月到閑亭如畫，到如今、老了譚郎。空飛鏡，重磨還缺，玉斧倦吳剛。」東華文物館最近重修，楹聯開光，正是他的大作。

學問哩，讀過《蝴蝶一生花裏》，自會明白他的功力。深邃學問，以清詞麗句出之。他那套學問，厚重如降龍十八掌；那種筆法，輕靈似凌波微步。

四月十二日約了他午飯於太古城，怎知影蹤渺然，急忙致電，譚太太告以丈夫凌晨大中風，左腦嚴重受損，醫生已放棄治療……天啊，譚校長！您怎能爽約？怎能爽約啊？明年中央圖書館待您演講、白石詞研究仍未完成、硯台古墨蘸滿您濃濃的詩興、以您的白石研究為藍本的粵劇《揚州慢》還未開鑼、好酒好肉等您品嚐……詩心正旺，文思泉湧，您竟於翌晨撒手詩壇。

三月八日婦女節我臉也不紅就要他作東，請我吃飯，他最後一番話是「我要去澳洲探他，他是恩師，不是他教我中文，我考不上港大的」。從小荷初露尖尖角的中四學生，到才高學富的詩人學者，五十七年來，他一直是陳耀南教授最器重最愛惜的門生。如今魂兮不歸，天涯路遠，孔子哭顏淵，能不痛哉？

二〇二一年四月

（有興趣閱讀詩人譚福基作品的讀者，可看他的網誌「譚福基校長 @Blog」：https://alantamfookkei.wordpress.com）

二

思舊

塵垢

人的一生，總留下痕跡，做過甚麼，說過甚麼，都像塵一樣積存起來。風起時，不經意就揚起，塵埃漫飛，讓人懷念，讓人非議。

跟我們同住在深水埗那幢唐樓的鄰居，多半淵源深厚，故舊情誼，知道來歷，那份感情，年深月久，顏色蒼古，無法磨滅。儘管往事如線步甩脫的線裝書，紙張發黃，墨痕模糊，可是貧賤相交，彼此境況都了然於心，回憶便倍多悲喜了。

當年唐樓一屋面積約六七百呎，共四間板間房、一張上下層的碌架床位、一張吊床、一個閣仔，二十多人住在一起。有些住客憑着街招，登門察看一番才決定搬進來。有些繫於感情，彼此素有往來，知道唐樓環境，只要有人搬出，不假思索就搬來，然後安心扎根，張姨就是後者。

母親帶着兄姐和腹中的我，從鄉下來港，在基隆街一幢木樓租賃了中間房，包租是張姨的父母。一對老人家，耳朵不靈，扯直喉嚨跟兩老說話都無法入耳，住客背地裏竟稱他倆為「聾公聾婆」，這稱謂有欠敦厚，也反映了住客的水平。

張姨帶着一子一女住在娘家，生活仰給，大概來自父母，這當然不尋常了。我們在木樓住了兩三年便搬到汝洲街，後來偶然探望，那幢木樓仍有印象。樓梯板踏上去就吱吱叫，騎樓寬敞光猛，最令我好奇是一具炭燒熨斗，它有時冒着煙來回於熨衣板上，有時擱在一角等待冷卻，熨斗好像是黃銅造的，其實當時熨斗已電器化了。

張婆婆麻雀癮大，與我母親在麻雀枱上為友。她僂着腰，上身前傾，老花眼鏡與十三隻麻雀距離僅數吋。張公公半臥在躺椅上，或看報紙，或打瞌睡；

他手腳長長的，人老了，五官仍然好看。家務落在張姨身上，她也喜歡玩麻雀，但是從未見她落場，她只站麻雀枱後面旁觀。像許多失聰者一樣，張婆婆嗓門大，對這女兒尤其聲高語促，甚至兇巴巴的，動不動就搶白幾句。張姨的女兒隨母姓，我叫她雲姐；她五官精緻，似張公公。那時女孩流行的玩意是用硬卡紙為模特兒，另有數套紙製華麗衣裳供替換，雖然不比今天身穿綾羅綢緞的芭比（Barbie），但是已很開心了；雲姐大方，讓我一起玩。

好幾年後，張姨攜雲姐租賃我家床位下層，因為兩老去世，木樓也拆卸了。我父親是包租，熟人熟路，明白對方脾性，大家放心，他們也不用受二房東欺負。床位下層，三呎闊，單人床，母女相依。牆上安裝鐵角臂，加上層板，可以儲放衣物。床位兩側靠牆，另兩側垂下可拉動的布簾，更衣和睡覺才拉上。雲姐就讀於大角咀的詩歌舞街官立小學，學校開放日曾帶我參觀。張姨則做清潔，全屋以她出門最早，午後已下班，回來總是先洗澡，午間寂靜，正好不是廁所使用的高峰期。她們吃飯時，就借用我們三張小板凳，圓形搪瓷大盤盛着飯餸，母女走廊對坐而吃，飯菜在空氣不大流通的走廊分外飄香。張姨的兒子已是修車學徒，住在車房。

我長得矮小，走路慢，步行往小學要走一大段沒有瓦遮頭的路，姑婆讓我坐褓姆車上學，這是我童年唯一的豪華。有回司機繞路，不知怎的繞過在詩歌舞街的葛亮洪夫人新村，車停下來，竟隔着車窗看見張姨在屋村露天的地方掃地。她穿上深藍制服，身型好像比平日更臃腫，頭髮也更凌亂，執着掃把……我分明知道她做清潔，卻從未想像過實際情況，原來知道跟親眼看到是兩回事。一時感觸，哭起來，司機奇怪，忙問：「你不舒服嗎？」我搖頭拭淚。張姨剛好抬頭望過來，多希望她看不見我。

此後她每次下班入廁所洗澡，聽得水聲嘩嘩響起，復再寂然，想像肥皂搓起泡沫，想像塵垢隨水而逝，我總有點難過。我姑婆在工廠車衣，眼力體力都消耗，但到底不用接觸塵垢。除塵去垢，技術性低，在工種中最卑微，待遇也很差，任何人都會稱呼為「垃圾婆」，把最骯髒的垃圾與人扣連在一起，多叫

塵垢

人難堪的稱呼啊。

唐樓人多嘴雜，背後提起張姨之時，總有些譏誚。未婚而生養孩子，在那年代怎不遭歧視呢？她的過去，像塵垢，偶爾會給抖出來，再用腳踐踏幾下才罷休似的。雖然鄰居也跟張姨打麻雀，然而骨子裏頭是看不起的。不過也有善良的忠告，鄰戶婆婆曾教誨雲姐：「你媽媽跟別人不同，所以你要幫忙媽媽，屋村每個禮拜都要洗地，你哥哥常常去幫媽媽一起洗，你也去幫吧。」聲音低緩，一番好意，說得雲姐眼圈紅了，卻依然不肯去。無端路過，意外發現張姨工作的地點，方明白她內心一定非常掙扎。那兒太接近學校了，萬一給同學瞧見，恐怕會惹來刺耳的嘲諷。

雲姐小學畢業，正值香港製衣業黃金年代。她手腳麻利，車衣以量計算工資，何愁收入？加上眼神和言語都流露強悍，老闆、管工都不敢欺負，儼然是六七十年代在職婦女的典型。我也漸漸長大，需要一些女性用品，雲姐識途老馬，帶我去北河街小販攤子選購有蕾絲花邊的內衣。不久鄰戶婆婆那邊有房出租，她們便搬去，還買了電視機，成為第一戶擁有電視的鄰居。一台十四吋電視放在有四個抽屜的木造衣櫥上，房間晚上可熱鬧了，我們都擠過去看「歡樂今宵」。那光景也許算不上吐氣揚眉，到底漸漸脫貧，透出曙光。

張姨有好幾個兄弟姐妹，在最貧賤時，誰都沒有施以援手，僅在拜年才聚聚。孩子生下來，沒有棄之保良局門外；父母離世，木樓湮沒，頓失依靠，竟在污塵和發臭的垃圾中撐持着，承擔了千古恨。

雲姐和她哥哥都很早就成家，想是母親慈愛，盡量保護，上一代的陰影不致令兄妹不信任愛情。他們也很幸運，早就買了「居者有其屋」，成為中產，不再是遭人白眼的私生兒。可惜張姨六十出頭就肺積水去世，離世那一刻，兒子傷心得當場昏倒。媽媽洗滌塵垢的艱苦，以及種種屈辱，兒子知之最深，是以即使年輕體健，也不勝徹骨之痛。昏倒是母子永別至激情的儀式。

積下塵垢的故事，我僅是耳聞；穿深藍制服，半彎着腰掃除塵垢之時，我無意中目睹了，如今猶歷歷在目，變成見證。命運，她選擇了承擔；晚年安順，是承擔命運之後的命運。天天掃除，自我救贖，塵垢亦應化作無垢了吧。

二〇二〇年七月

＊葛亮洪夫人新村（Lady Grantham Villas，通稱 Madam Grantham San Tsuen），位於詩歌舞街與太子道西交界，一九五五年建成，一九八四年拆卸。

供死會

供會，幾十年前流行於民間，是草根階層的集資方法。江湖上已有規矩，由會頭號召一班相熟可靠的人，即「會仔」，彼此訂下每月供款數目與期數，例會各出一份，有興趣拿走這趟會銀的，出一個價錢來標會，價高者得，餘者各享高息。已取會銀者，從此必須全供餘下數目，不獲利息，叫「供死會」。

做會，風險高，萬一會頭失蹤，會仔苦攢下來的血汗錢即化為烏有，落得白供一場的慘局。亦有會仔無良，標了會立刻逃之夭夭，餘債會頭要揹起了。也有早早標會，卻賭博輸光了，之後當然辛苦於供會，真是名副其實「供死會」了。

我幼時偶然聽到「供死會」一詞，似懂非懂，不過「死」字，好像有非常可悲的意味。那時同屋說：「買樓吖，唉，就是供死會囉。」一持這種論調的全都是男人，且好賭。我猜話中意思是供樓辛苦，年期又長，所以買樓即是陷入深洞裏去。天哪，把供死會此詞此概念，套在自置物業這最基本最必須的投資之上，還自以為是，說得有聲有勢。

回頭望去，六十年代我所住那幢深水埗唐樓，一屋七百呎，四房、一碌架床、一吊床、一閣仔，一廚一廁，住滿了只求立錐的小市民。男戶主的職業有熨衣工人、機織毛衣工人、洋服師傅、酒樓掌櫃，最富有算是當會計那位。且戶戶都要養小孩，食指浩繁，能有片瓦作棲身之所已覺安樂。盼望躋身業主，自置物業嗎？在從來都是寸金尺土的香港而言，這夢的確遙遠。

人總是渴慕富貴的，可是滿屋瀰漫的，不是投資致富之道，竟是沉醉賭博的歪風。麻雀經常午場夜場，一枱兩枱，劈哩啪啦。打麻雀賭注小，贏一底兩底已經走運，所以他們也喜歡玩字花、賭馬、賭狗。玩字花尤其引起多人熱烈討論，因為字花玩法類似猜謎，出謎面，猜中為之中字花，既然猜謎，自必然你猜我猜，互相琢磨。那些字花攤子不難找到卻又不敢招搖，多屈居於樓梯凹位或轉角，接駁了大燈泡，販子一二，坐矮矮椅桌，收錢，派小小紙張。字花每天三場，頻率驚人，啊，時間、智力，還有金錢都隨「花」枯萎。

賭氣熏天，小孩耳濡目染，無不通曉賭術。一屋多個小孩，個個幾歲大已經諳熟麻雀，又會玩撲克，幸而我三兄妹長大後對賭從不沾手。

發達發財，人人愛之，不過他們腦子裏充滿非橫財不富的意識。當然，積穀防饑及小富由儉的想法還是有的；但是胸懷大志，立志致富，訂下計劃，付諸實行者，舊居那一輩人絕無僅有。連買房子自住，也視之為無望的供死會，又怎會富起來呢？

《有錢人想的和你不一樣》（*Secrets of the Millionaire Mind*），此書所言有理。絕緣賭博，省吃儉用，早日湊夠買樓首期，供滿後怎不脫貧呢？哎，思想決定了命運。

二〇二〇年八月

健康風采射籃時

推開大廈玻璃門，見一個極胖的年輕人在幾呎外走過。那形態，好生眼熟：平頭裝，戴眼鏡，超加大碼黑色T恤，棉布褲子，走起路來全身肌肉顫顫然。我幾乎想高聲把他喚住——然而，眼前胖子行動自如、步履穩健，這影像「叮」一聲似的提醒了我，眼前人並非故人。

我呆立門前，望着黑山一樣的背影。胖子往前行，兩腿移動，腰肌就跟着抖動，拉牽布料，T恤縱然闊大尚有餘裕，後幅卻起起伏伏，如地殼板塊在移動。還有，他走路時一雙手前後前後地擺，可能身軀過胖，需要平衡吧。

真是人有相似，這陌生人的樣子、身形、姿態，都像足了一位舊同袍。故人比我年輕一輩，十多年沒見，彼此毫不熟稔，交情淺淡，可是一想起那龐然身影，心裏不由得揪一下，只覺悲涼。

在職場裏，人際之間宜盡量維持距離，這是一種客套而文明的禮貌，所以偶然走在這特別巨大的身影後面，我總不免猜測，他起碼有兩百五十磅吧，卻從來不敢去問人家實際的體重，免得犯了職場的禁忌與潛規則。至於肥胖是出於家族遺傳，還是出自個人飲食習慣，或者兩者兼之；又可有具體減肥計劃等等話題，基於私事莫問、私隱莫侵的原則，當然絕口不提。可是軀體給肌肉過分堆疊，脂肪積累到了失控的程度，體重指數（BMI）嚴重超標，更兼因肥胖而引致多種疾病這警號，令我不敢宣之於口，又不免絲絲不安。

不過，他在籃球場的出色表現，教人刮目相看，也大大減低了憂慮。誰想到他居然是籃球高手哩！由於噸位驚人，是以每次下場都吸引許多人來圍觀，我不愛看球，也充滿好奇地看他出賽。但見他傳球奪球，彈跳力不弱，射籃的剎那，縱身一跳，動作矯健，手勢甚至稱得上優雅。那麼不可思議地擺脫體重的桎梏，背後一定經過長時間的練習，一定付出比別人更多的汗水。來捧場的自然歡呼不絕，掌聲雷動，校園內操場上常有比賽，然而他射籃時反地心吸力地跳躍，負重彷彿甚輕，猛然騰起，叫我錯愕一驚，神為之奪，至今不忘。

後來我調職他處，不意在舊生會聚餐中，聽到昔日上司說這同袍原來有嚴重糖尿病，有天忽發高燒，勸他立刻看病，可是他堅持下課後才求診，結果當夜入了醫院。醫生說小腿必須截肢……近來糖尿上眼，視力衰退……申請因病提早退休又不獲批准……

消渴痼疾，積毀銷骨，驚聞慘況，一時間杯盤無味，觥籌不興，燈影徘徊，滿座黯然。

那校舍是舊建，已有年月，苦無升降機，那麼，胖軀天天扶着支架上落，踏入中年的蒼涼歲月裏。原來從容射籃，敏捷入球，健康存活，不可復求。人生珍貴的一刻，已高高掛在籃球架上，留下光彩，激起掌聲。

二〇二〇年九月

後記：好友習岐黃之術，謂中文大學梁秉中教授以中藥治療糖尿，可免截肢之苦。詳情如何，則有待了解。

思舊賦

二〇一〇中秋，仍然是秦時明月，東坡把酒仰望的天上宮闕。月色依舊，地球竟爆發天愁地慘的新冠肺炎，日子跟從前不一樣了。

母親在農曆八月初生日，往年我們都請昔日深水埗的鄰居來壽宴，更有兼慶中秋之意。可是政府為了防疫，食肆有限聚之令，限四人一桌，酒家暫時無復熙熙攘攘眾音喧騰了。疫情反覆，多個行業蕭條，觸景傷懷。

當年同屋共住的那幢唐樓，據說是急就章的「鹹水樓」，建築材料粗劣，以為會拆卸重建，想不到仍在深水埗老舊的唐樓群中以殘軀撐持於風雨。有次路過，竟然要依靠門牌才把那房子認出來。當年樓梯幽暗，十步梯級上轉角處歪歪斜斜掛滿信箱，電箱高懸，電線黏滿塵埃，一切因陋就簡，充滿隱患。只見一扇後來加裝的不鏽鋼大閘，閘的兩側與門楣鋪了窄窄的雲石。從前這兒常常貼了大紅色的對聯，寫上「鸞鳳和鳴」、「有女于歸」，儘管湫隘，依然喜氣。陌生的門面把我阻隔於門外，隔不斷者是回憶裏的唐樓歲月與老式人情。

那時光景，一層唐樓之內住滿了七門八戶，幾個核心家庭的夫婦，帶着一群孩子。歲月催人，孩子已入中年，命運各異，年輕夫婦亦垂垂老矣。拼搏於外的數位先生多半去世，持家於內的師奶全皆健在，且年登耄耋，最年輕的師奶也八十出頭矣。今歲中秋之約落空，我悵然有思念之意。舊情所牽，一念之動，便決定趁着中秋逐一探望三位師奶。

香港分為十八區，她們散居三區，三條路線，讓我既走進現代風貌又低徊於舊日回憶。當年相聚於深水埗，無非是貧窮人家極其有限的選項，租賃唐樓板間房，雖平安和順，然而地方小光線弱，終非長遠之計，一待有更好的環境當然立刻他遷。過去幾十年公屋與居者有其屋大量興建，改善環境的良機水到渠成地出現，三位師奶都陸續搬往資助房屋裏。更何況人口老化，所謂人老腳先衰，老人舉步艱難，沒有升降機的唐樓只會徒添其苦，唐樓始終要漸漸退出香港的歷史舞台，退到我的回憶裏好了。新居門戶獨立，空間擴充，自有一種天長地久的現世安穩。

長沙灣毗鄰深水埗，住在其間有舊夢延續之感，敦厚老實的師奶在居屋苑內養靜。步出地鐵，穿過一株又一株木棉樹下，那廚房咋咋濳油之聲，彷彿在耳，其實已成絕響。她丈夫的廚技早已進乎藝矣，用豬橫脷膜裹住盤龍鱔，清蒸，濳滾油，堪稱一絕。多年前我動手術，他連續多天用田雞焗飯來給我滋補，至今五內猶溫；可惜先生六十多歲已先行一步。

過去多年她一直在家裏車牛仔褲，直至製衣業式微，那年頭不少婦女都謙厚而不自覺地奉獻家庭、社會。我母親從鄉下來港，鄉音無改，這師奶常說不知所云，所以連搬弄是非的本事也不懂。其實她本性平和，不愛道人長短。那天她還想送我到門口，可是怎忍讓不良於行的九十老人強步呢？依依別過，屋苑樓下有長廊，護着路人到地鐵，多像慇懃的老鄰居。

另一對八十出頭的鄰居搬到大圍，我考入大學時第一期學費無法籌措，全仗他們幫忙才能入學。燃眉之急，升學彷徨，窮孩子前路顛簸，幸得恩人解困。正自一路前行一路低徊，已抵屋邨了。新界到底比市區開闊，居屋的實用面積也不錯，擺脫一家七口擠在幾十呎板間房的光景，如今門庭闊落，窗外可望星月。

師奶天生聰慧，能言善道，於裁剪無師自通。我初中時許多裙子是她親手所做，她甚至熱情得為我還未過門的大嫂做了一件褐色花呢絨大衣。大嫂去世三十載了，人去物亡，倍添感觸。

昔日師奶最愛馳騁四方城，左手抱嬰兒，右手摸牌推牌，揮灑自如。人又年輕俏美，是以顧盼頗有自得之意。近年加入第一團耆英義工團，熱衷服務醫管局多年矣，成功轉型，百中難求一二，真可用華麗轉身來形容。

最後探望的師奶獨居於觀塘山頂的公屋，一路所見都乾淨整齊，看來管理得不錯。相約酒樓晚飯，席上言笑晏晏。師奶是廣東順德人，精於烹調，有許多味拿手小菜，如釀鯪魚、炒牛奶、蝦子柚皮，還教曉了我母親一兩道。過年開油鍋時，油器如炸腰果、炸花生、芋蝦，總是火候恰好，最難忘糖環浮在油鍋如花開朵朵。師奶說我讀中學時常常頭暈，也不知幫忙扶了多少次。大學四年，我搬進崇基書院宿舍，師奶與我母親來中大遊玩，便從華連堂後面的山坡漫步。那兒樹木茂盛，師奶忽而停步，在一棵樹上摘下葉子數片，把葉子捲起，放嘴裏吹，清音四溢。她說鄉下順德有這種樹，童年就愛這樣玩；如此不花費的快樂，城市長大的孩子太缺乏了。葉子帶着水氣，音韻清潤，隨風嘹亮。

我的童年歲月在似是飄搖其實也算安穩中度過，有幸與鄰居唐樓相聚，風雨同舟，又互相遷就，相安無事，甚至相濡以沫，其中一定有很深的緣分。思念故舊，對月懷人，中秋情味如一樹桂花。

二〇二〇年九月

揚眉策馬

在職婦女中，第一個教我艷羨者——是一位褓姆車司機。

從小學到中學，往返學校都是難題。兩所學校都交通不便，長路漫漫，沿路空曠，日曬雨淋，櫛風沐雨。小一小二在離家不遠的舊校舍上課，姑婆先送我上學才回工廠，天天護送，對我的步行速度和體力最了解，三年級便要到遙遠的新廈了，所以極力主張讓我坐褓姆車。

開課日她攜我到校門，打聽褓姆車路線，一問就有司機指引，指着不遠處一輛淺褐色小車，說那車走深水埗長沙灣一帶，應該適合。但見一個年輕婦人半倚車身，也在張看，看出我們來意，忙上前招呼。她個子不高，眼睛明亮，短髮燙得波紋起伏，穿花襯衫、西褲，正是時興的貼身剪裁，更顯出體態豐腴。她遞來卡片，自稱「陳太」，當下說明上落車地點，車費是十多元，雙方爽快，立刻成事。

翌晨車子來接，後座已塞了五六個學生，陳太轉過頭說：「你們凹凸位坐，一前一後吧。」我個子小，不難就移入車廂，書包放座位下。車廂小，學生多，語音雜，可是為我這窮孩子而言，坐私家車絕對是豪華享受了。最難得是點到點接送，完美而輕鬆地縫合了家庭與學校間之迢迢遠路，所以當晚姑婆問起情況，我忙連聲說好。

要運作一輛小小褓姆車委實不易，最重要當然是安全駕駛，滿車小孩，絕對不容任何閃失。此外還有很多事項要兼顧，我漸漸體察到陳太的難處，她懂得一一應付，就是能幹了。上下午班都要接載，一天得跑四趟，不在話下，更要拿捏時間。萬一塞車，甚至忽然機械失靈，拋錨死火，累學生遲到，那可糟糕了。幸而從未試過路上壞車，有次小車突然要維修數日，朋友願意借車，困難迎刃而解，人緣好的自有助力。但是一遇上大塞車她就緊張，皺着眉頭，面容繃緊，甚至說：「胃不舒服，等陣要食胃藥。」我知道前座置物箱裏頭常備胃藥和頭疼必服的阿斯匹靈。

她最怕抄牌，偏偏一車載了近十個學生，當然超載了。只要瞄到交通警察遙立的身影，她立刻叫嚷，一聲號令，我們連忙從車座滑下，蹲塑膠地毯上，縮頸彎腰，不讓交警發現人頭攢動。藏匿暗處，蒙混過關，八仙渡海，一待危機過去，立刻彈起，嘻哈大笑，拊掌歡呼。其實這並非急中生智，反而是陳太早已部署又反覆叮囑，等到實地試練機會出現，即時同心同德上演一場兵不厭詐的好戲。一丁點的成功脫罪竟帶來極大勝利感，只因為主帥訓練有素，小兵又配合無間。我們聽從指揮，行動完全配合，一則因為她平日威嚴中不忘愛護，二則那年頭孩子比較聽話，所以屢屢化險為夷。

車子小，學生多，各有性情，齟齬難免。同車兩個女生時常口才較量，互相譏誚，子彈亂飛，烽煙甚至燒到我身上。姑婆教我凡事息事寧人，加上我並非伶牙俐齒，舌劍唇槍攻來，唯有迴避。有時其他同學加入戰圈，言語相爭，陷於混戰，槍炮齊鳴，陳太才半哄半責道：「你們快點安靜下來，吵得我心都煩了，怎能專心開車？哪個不再吵，我就讚哪個乖，看誰讓我先讚！」一番話說得動聽，又有心理攻略，戰火暫歇，不過人間怎會無戰事？硝煙偶爾瀰漫，到點下車就消散了。

小車擁擠，後來收了一個年紀特別小的，那家長很不放心似的，陳太便叫我抱住，讓她坐我大腿上。過了若干時日，陳太叫我坐她旁邊，那位置跟她最親近了。有時其他人都下了車，她就跟我說很多心底話：「那兩個女生是鐵嘴雞，時時針對你，你最不會辯駁。」噢，原來她一直耳聽八方，倒後鏡的反照分外清晰。

「我先生是開車的，我結了婚才考車牌，但同時又生仔，連續生兩個仔，我本來很想追個女……」「唉，我從前很窈窕，一百磅而已，生了小孩也很快就回復身材，但是要避，吃了藥丸就肥胖了。」她把我當作大孩子，話題進入女性特區了。生兒育女之苦，避孕之副作用，全由她來背負，還要馳驅路上。然而負荷與考驗反而把她打磨，在方向盤與油門之間，她煥發神采，儼然是香港新女性了。我認為她依然漂亮，五官精緻，動作伶俐，喜歡打扮，縱使微胖仍風韻可人。

「我一心考師傅牌，還差幾個月就有資格考了，怎知那天早上先生跟我吵架，心情惡劣，出車不久就撞了……」一面車頭玻璃，寬闊得足可環顧交通標誌和路面標記，清透得足可前瞻職業的遠景。男性族群普遍對女性的駕駛技術心存輕視，明地暗裏貶之抑之，這「師奶司機」絕不爭一時之勝而超車奪路，只希望公平考核下，四輪能夠邁進傳道授業、指點竅訣的職場。我這小學生看見她收入倍於他人已經十分佩服了，哪曉得紅綠燈、斑馬線、市廛聲如斯紛擾，營役其中，依然沒有忙得失去前進的意識、昂首的志向。無奈事與願違，也許天意安排，讓她繼續照顧學童發揮母性吧。

到了六年級下學期，我開始覺得前途未卜，升往哪間中學呢？能否再乘她的車呢？別離彷彿漸近，此時陳太悄悄減了我的車費，還鄭重說切勿洩露秘密，偏愛之情，滿溢車廂。結果派到九龍塘區讀書，路線不配合，只好改乘大校巴，之後沒有再跟她聯繫，那輛曾經朝夕慇懃的淺褐色小車離我很遠很遠了。

當年開褓姆車，不必申請甚麼牌照，運輸署對褓姆車的車型、規格亦無特別規管，經營門檻低，細心體貼的女司機更佔優勢。女性就業機會亦已增多，高職厚薪者仍然少有，開褓姆車儘管勞心勞力，仍不失為穩定薪優且假期多的職業。曙色初露就出門接上午班，把下午班送回家已是月出東山了，一程風雨半程憂，只盼路路亨通，出入平安。幸有小車，既是謀生工具，亦是資產，更是優勢，四輪飛躍，創造小康。更何況自立門戶，當家作主，不用處處掣肘事事受氣，自豪的氣度便沁出來了。她有時也會發脾氣，喜怒哀樂，不會掩藏，誰激怒了她，馬上還擊，氣勢不弱。儘管巴啦巴啦，落花流水，然而有理有節地發洩一頓後即回復平靜，到底是在職婦女，總有分寸。

她開車的身手屬於甚麼級數，我不懂駕駛，怎能評論？然而車子轉向，扭方向盤之時雙手交叉地轉，雙目斜望目標，眼尾不忘眄盼，留心六路。一臉堅定，「用志不分，乃凝於神」，流露一種令人尊重信任的專業美德。踏油門時雙腳適時起落，輕重有致，輕敏裏又透出妙曼。一組姿勢克盡安全駕駛之責，又流溢時尚，富於動態，算得上風姿嬝娜，別有繫人心處了。

哪管狂風雷暴，路面顛簸，小車依然四輪穩健，輾過積水，濺起雨沫水花，慇懃接送了我四年，對我尤其偏憐，別後沒送一張感謝卡，沒在年節給一聲問候，我居然這麼沒心沒肺！回想起來，才驚覺依依坐在陳太身旁的歲月，原來那麼嬌貴那麼得寵。

強而不悍，能而不矜，在陳太這種揚眉女子的氣場裏，我不勝羨慕。

二〇二〇年九月

北風飄蕩

生命裏最凜冽的冬天，偏吹在芳菲歲月。那時年輕，怎能消受呢？雨雪相侵，唯有把衣領翻起，低頭疾步，也不知這樣糊糊塗塗，會走向何方？

為青青子衿而言，有甚麼比升學來得重要呢？在我讀中學的年代，香港只得兩間大學——香港大學和中文大學。我出身中文中學，英式典雅的陸佑堂實在高不可攀遙不可及，長如記憶的鐵軌或能送我入中大，奈何，前路迷濛，一路顛躓。

我就讀那女子中學，絕大多數同學都考入師範和護士學校，已經是很不錯的選擇了，到底中大之路緜遠難至。第一次應考，落第於中大，奇怪是理科與英文比文科好，投考理工學院竟獲取錄。當時我只就最低要求來填報學系，好像一跨入校門便風調雨順，完全不考慮自己的能力與興趣，其實理工學院沒有一個學系適合我，這點我似懂非懂。不過虛榮心驅使，竟把入柏立基師範的機會不甚猶豫就放棄了，結果這一着下得太魯莽，陷入困局，後無退路，前不能進。

理工學院校舍是灰色的，間着白，綴點黑，黑白灰富於現代感，不是現在滿目磚紅的樣子。禮堂叫 Keswick Hall，校舍中央有一方青青草地，是學生聚腳的好地方。圖書館兩層高，林林總總全是我看不明白的英文書。離校園不遠處，有臨時上課的地方，我們叫 hut，結構跟半圓筒形的軍營一模一樣，一星期有兩三次要到那兒上課，轉堂時由班長領頭，大隊跟着前往，不然也搞不清路怎麼走。

書本一律英文，授課亦是英文，已經要命了，最要命的不止是英文程度，更是摸不着頭腦的科目。混混沌沌了兩個月，弄不到一丁點學問，三年制課程怎麼撐下去？即使留班也必然無法畢業，休提將來入行了。難道就此浪擲三載青春，甚至自毀一生前途？

秋風漸起，草地一片欣然，小息時常有學生踢毽。踢毽是理工的傳統，在沒有龍門和籃球架的草地上，踢毽不失為有趣好玩的運動。見男生或三兩或六七，身強腿健，踢法輕靈而有勁度。毽子有時飛得高遠，要抬頭追蹤羽毛的影子；有時險些墜地，卻有人衝前搶踢，幾死又生；有時分明可以踢中，偏又微微偏差，終於委地，羽毛還顫抖幾下；更掃興是毽子忽然空中解體，貫穿中軸的線一斷，羽毛飛散，承托羽毛那疊圓形紙張片片驚惶甩落，風一起就不知飄往何方。

不知飄往何方，正是眼前我的寫照。

紅磡校園是男生天下，因為工程、機械、建築、電腦等學系都在這邊上課，商科則在太古校舍，那邊女生不少。既然自己讀不上，那麼明年若轉到商科如會計、秘書，學院是否批准呢？我數學還可以，不過英語會話怕跟不上，我考英文那張卷是 syllabus A，並非英中的 syllabus B，轉系恐怕不易，在社會尤其商界所得的認受亦有限……瞬間萬慮攻心，百思莫解。

逃學——我居然走上逃學之路。

表面裝作若無其事，書包裏卻全換了中六的教科書，準備明年四月再赴沙場，全力重考中大。每天早上依然回到理工，不往課室，卻在圖書館甫開門就直上二樓最角落的座位，盡量不讓人發現我這逃學生。然而，攤開桌面的書本已經暴露了我奇怪的身份，本質上我跟這圖書館甚至跟整間理工榫卯不合，只落得悽悽惶惶。當時理工也有不少學生重考港大，其中多半且戰且讀，英文書與計算機並用，下課之餘才準備另外應考，好為自己留退身之路。破釜沉舟如我者也許不多，因為理工畢業生的發展也相當亮麗，何必兵行險着？

偶爾遇見同班同學，他們見我突然失蹤，有點訝異，很關心問起原因，更提醒後果。可是見我固執，後來也只點點頭不再規勸了。

在圖書館埋首、在草地踢毽的，都令我自卑：人家是未來的工程師，馳騁於建築業；是電腦顧問，專精於程式……我是甚麼呢？身如不繫之舟，在漩渦裏打轉。

讀書時間永遠不足。每星期有四天未到黃昏便要離開，三天為小學生補習，不然怎維持零用？一天到土瓜灣盲人工廠，為一個要考會考的盲人唸中國歷史；我一邊唸，他一邊打字記錄，再加製作，便成為教科書，他和以後應考的盲人都用得着。只有兩天可以一直留在圖書館，直至披星戴月。路燈迎風，燈泡鈉造，鈉這化學物質發出的光芒帶點橘紅，不像白光那麼冷漠。然而，我總是覺得天氣很冷，到了十一月底已經披上大衣。大衣黑色，連帽子，帽子和袖子用格子花紋料子點飾。接着整個冬季，我天天都穿上這大衣。北風怒號，衣角隨風，躑躅夜行，倍覺寒氣逼人，偶爾氣溫略為回升，我依然讓大衣裹着自己。原來大衣是重重簾幕，藏住我這不敢抬起頭來的人，萬一重考再次名落孫山，以後不知何去何從了。整個人的心理狀態處於冰點。

自修必先自律，這包括計劃進度表、羅列溫習範圍，更重要是攻戰策略，過去三年的考卷一定勤加操練。我雖然不懶惰，不過欠聰明，在有限時間內能否完成溫習？在試場能否發揮所學所記？「雲橫秦嶺家何在？雪擁藍關馬不前。」在雪深處在積雪裏獨自彷徨。

明月如霜，寒風刺面，風吹髮亂，心似亂麻。命運和性格把我推進了一段歷程，挫折嗎？磨練嗎？堅強哩？還是逃避哩？是隧道裏頭的暫時黑暗？是早春前頭的苦寒？還是完不了的飄蕩？

翌年四月，吹面不寒楊柳風沒有吹來，春寒料峭更切合實況。入學試來臨了，貧女衣服本來就少，那黑大衣最能擋風，便依舊穿着奔赴科場去。背水一戰，哪知成敗？唯有低頭在考卷奮筆疾書，心有不甘又死纏爛打地跟命運拔河。

好不容易待得放榜，接着選擇學系、申報成績、面試⋯⋯一關又一關，直至抱着入學文件，佇立在馬料水火車站時，已是一片蟬噪。升上大學固然喜欣欣，不過，我竟然有點蒼老的況味，說起來，只是遲一年進學，比適齡大學生年長一歲罷了，因何倏忽情懷老去？哎，「關山難越，誰悲失路之人？」一生都有春風相伴的，又怎會明白飄蕩於北風的心事呢？

二〇二〇年十一月

西家不打打東家

打工生涯原是夢，夢裏不辨西東，夢醒方知歲月不居，自己已退出職場遠遠了。

第一份工作在尖沙咀上班，在香港地圖上看，尖沙咀也不算位處西邊，只是相對於日後的工作地點，尖沙咀便偏西了。有次在尖沙咀地鐵站看標示附近街道的地圖，發覺有一條街名完全陌生，當下一呆；尖沙咀自己最熟悉的了，怎可能有一條街從未聽過呢？我並非自詡是「尖沙咀通」，只因為在尖沙咀十載辛勞，度過了非常吃苦的打工歲月，其間大街小巷，都留下青春卻苦澀的足跡。正值年輕，一切都分外深刻，以為尖沙咀已一一印記在心，無所不知了，所以出現一條陌生街道，也悚然以驚。

唸大學時逍遙無憂，失眠僅屬偶然，體重有九十磅；踏足社會後，竟然要服食一顆半到兩顆安眠藥才能勉強入睡，翌日又掙扎着方能爬起來，體重跌至七十六磅。十載光陰，箇中滋味，不堪回首。一株植物，從大學的溫室移到陰冷的古樓，生命力漸漸枯萎，在數次進出醫院後，我才醒悟到問題已瀕於臨界。

東家不打打西家，民間諺語靈犀一點地湧上心間，瞬間發酵成力量，既然在那環境不但無法茁長，甚至奄奄一息了，又焉能再留？當下打定主意，投考政府。經歷申請、面試，沒多久，就在春花初綻的四月天接獲聘書。轉工、跳槽，原來並不艱難，關鍵在於決心。十年困於一個地方，觸鬚不敢探問外面的世界，結果蹉跎了職途，挨壞了身體，此事深刻反映了我的怯弱。

離開西家，往東家上任，一路驅馳，在觀塘山坡上效力好幾年。那時天天一抵達觀塘地鐵站，即刻就在麥當勞門口乘小巴，下班亦然；依着循環線的軌跡而行，軌跡以外幾乎一片空白，觀塘街巷全然不懂，與尖沙咀歲月剛巧相反。觀塘的平實，跟尖沙咀的華美，根本就是兩個世界。觀塘地鐵站對面有無數鐵皮造的小販檔，鱗次櫛比，每一檔各有貨色，都與民生息息相關：絲襪、內衣褲、拖鞋、鑰匙、旅行箱……應有盡有。

至於工作性質，也頗有分別，我竟然學會處理行政工作，甚至獨當一面，統籌大型活動，這的確是突破。一直以為自己只不過是傳統文人，行政肯定非我所長，殊不知能力可以出於後天培養。圓規的一條腿立定了，另一條腿倘能自由活動，則半徑可以越拉越闊，或能畫出又圓又大的梢頭月。

環境改變後，體重漸漸回復接近九十磅，安眠藥哩，居然可以丟掉。從病態到正常，從西家到東家，這一步，走得正確極了，安穩的前路印上健康的步伐。

政府工作有時會調職，好幾年後我從東調往更東的地方，下一站位於港島東的筲箕灣。那兒傍着翠巒，青葱入目，最動人是滂沱黑雨過後，數條小瀑布驟然從天而降，雨水沿着山石潺湲而下，水聲激激；飛瀑凌空而墜，如仙似幻，待山上積水耗盡，才仙蹤渺然。港島的山色空濛蘊藉，樹木濃密，蔚然競秀，從金鐘一直翠綠到筲箕灣。山色與海景各有風姿，孔子說：「仁者樂山，智者樂水。」我更愛山的秀氣。人與地，真要講緣分，在筲箕灣那幾年我運氣最好，那時才領略到打工生涯不一定苦澀，問題在於際遇與個人的心態。

幾年後調往更東的將軍澳，那處的氛圍可真是「勤奮過度，靈活不足」，我的健康又漸漸撐不住了，終於提早退休，「揮一揮衣袖，不帶走一片雲彩」。

記得從前有個風俗，長輩知道年輕人要踏足社會，便特意買一隻象牙或牛骨製的帆船相贈，寓意「一帆風順」，寄望可謂殷殷。我這打工仔沒有坐上順風順水的風帆，反而一路周折，常常碰壁；然而對飛黃騰達的人，沒有嫉妒，這並非心胸豁達，只是發覺上天待我其實不薄，已給了我另外的補償。仕途縱使殊不顯達，然而從未嚐過失業的苦況。而且從西家而東家，四個工作地點都得遇可親可敬可愛的人物，天光雲影般徘徊不棄。更何況，自問盡心盡力，俯仰無愧，也算得上立己立人。

梁啟超先生說：「百行業為先，萬惡懶為首。」職業、就業、立業、創業，莫不重要。職業，是一生基石。自立能力不可無，東家不打打西家那種自信和勇氣亦不可缺。一旦察覺逗留原職，前景幽暗，東家未可戀棧，西家或可發展，就要當機立斷，東家不打打西家了。

二〇二一年二月

三　惜今

吊船游走外牆間

屋邨老舊了，得維修，不是小修小補，而是把外牆徹底翻新，工程頗大，費用不菲。幸而發展商未雨綢繆，訂立大廈公契時，規定了每月管理費要分為兩份，一份應付平日開支，一份留作日後維修之用，滾存了一筆錢，那麼，需要維修之時便毋須另行籌措。屋邨共六十一幢，數年前已動工，不同年份落成的大廈陸續去舊迎新，但見一張綠色巨網籠罩外牆，風起時，巨網迎風鼓起，風卻又在網上的孔眼漏出，瞬間回復依依垂態。網的作用大抵是防止沙石飛落平台花園，怕傷了行人。維修過後外牆回復潔白，從前的鏽跡污垢，還有四十年滄桑痕跡，竟然褪去大半，維修師傅功不可沒。

終於輪到我住的那座了，通告亦已經放信箱，提醒住戶。綠網低垂窗前，隔網看出去，景觀打了綠色小格子般，黯了。窗外多了好幾條繩索，吊船上下游走，師傅立在吊船，空中飛人似的上天下地，全憑繩索繫着。久而久之，我漸漸懂得憑聲知意，鐵手臂轆轤般滾動，慢節拍「格——格——格」緩緩響起，拉動繩索，吊船上下移動，於是空中飛船船上客，窗前掠過，轉瞬消逝，不知停在哪層了。我明白到如此流動風景不易得，四十年才來一次大型維修，過了維修期後，誰會再為外牆慇懃修補呢？

吊船偶爾暫駐窗前，我會走近說：「師傅，你們辛苦了。」船上師傅，或一或二，最多三人，一律穿制服、戴上安全帽、繫了安全帶，皮膚全都黝黑，膚色像工作日誌的裝幀，又像地盤的入場證，一看就知道黑色素記錄了戶外曝曬的程度。吊船窄窄長長，空間有限，但是游走幅度是一壁高牆，達到二十八層高。有限面積，操縱游繩，靈活升降，打通局限，直達任何一層，像戶外升降機，直上白雲，穿梭陽光。分明在地盤工作，但十分「離地」；凌空工作，不「腳踏實地」，偏又實實在在的苦幹。

有天忽聞敲窗之聲，原來師傅請我把花槽裏頭的花搬回室內，否則工程無法進行。那是兩盆簕杜鵑，五年前入伙時花王從花場運來，動作麻利地替我放花槽內，我哪有本事搬動呢？更何況簕杜鵑長大了，根本不可能經窗戶入屋，他們見鄰居花槽尚有餘裕，建議搬往那兒，我頷首贊成，別無他計了。不用囑咐，幾天後，花歸原地。兩家花槽成九十度角，有人誇張地說鄰居可以隔窗握手，比起杜甫「隔籬呼取盡餘杯」，鄰里之間距離未免太近。可是，門戶緊挨，憑窗互望，正是香港屋簷下的特色。

工序多重，起先有一批師傅拿着伸縮棒，敲打外牆，測試紙皮石是否有點鬆脫，聲音重複單調，敲聲高亢，連續多聲敲打，為了做記錄才稍停，我的耳朵受了一輪鞭笞。接着他們非常認真用尺子在牆上畫了框框，框裏留下注明，還在日誌上記錄。然後機械出動了，先剷去已有鬆脫跡象的紙皮石，轟轟隆隆，飛沙走石，刮起大廈的表皮，又怎似刮魚鱗那麼輕易，戴上防塵面罩的師傳固然辛苦，住戶耳朵亦受盡酷刑。

窗外噪音達到樂曲最高潮之際，恰巧朋友自巴黎回港，很想邀請他們來舍下小住，卻不無躊躇，終於迎接了遠客。我為噪音打擾而微表歉意，朋友夫婿不假思索就說：「我根本就常常在地盤工作，又怎會嫌吵呢？」一語破解我的憂慮，正是所羅門王所言：「一句話說得合宜，就如金蘋果落在銀網子裏。」這位法國工程師一見海外同工出現窗前，就高興得揮手高呼「Hello」。師傅望望他，有點出奇，也開開心心「Hello」一句。空中相遇，互傳善意，也是「紅蘋果落在綠網子裏」，原來綠網連人間溫暖也兜住了。

翻新應該趨近尾聲了，師傅用噴槍清洗外牆，水花四濺，玻璃窗上印滿了含清潔劑的水跡。簕杜鵑的葉子馬上枯萎，如經歷核戰。我不為意踏在木地板，幾乎滑倒，方知道水力太猛，窗框滲水，一地淋漓了。而好好的冷氣機給這些強酸清潔劑淋過後，無法製冷。不過，甚麼都有代價的，相信綠網不日將會落幕。

吊船游走窗前的景象，可以拍成有記錄價值的電影。師傅並非壁虎，也不是蜘蛛俠，只因為受過專業訓練，且不畏高不怕難，敢於凌空御虛打拼，不然，香港的老房子會是多麼殘舊啊！

二〇二〇年六月

死角

客廳方正，卻有一個角落，陽光不光臨，清風不吹拂。這夾在大門與窗子之間的角落，光線幽暗，空氣翳悶，即所謂死角。

這直角位置丟空，未免可惜，我居然想到用來放置盆栽。這背後多少反映出我有時行為幼稚，一味追求視覺上的美感，輕視了實際環境。我以坐言起行的積極態度，不辭路遠坐地鐵往花墟去，在盆栽專賣店買了一盆波士頓芒回來，供在置於死角的几子上。波士頓芒亂蓬蓬的，芒葉末梢捲成小球，徐徐舒展而為葉；生機盎然，綠意勃發，粗生易養，滿以為即使棲身死角，也不減其生命力。怎知兩三天後，末梢枯萎，葉子變黃，片片墜地。清理死角的落葉，分外麻煩。接着換上一盆萬年青，本來天養粗生的綠葉，捱不了多少天已經奄奄一息。那麼虎尾蘭吧，形如劍戟的厚葉應該可抗逆境，可是葉片很快就失去殺氣，嗒然頹倒。

植物移進死角，就宿命地步入死亡。有好長的一段日子，任由死角守住荒涼。最近，在花店遇見一棵不知名植物，幾片蒼綠葉子，不無風致。根部給海綿裹着，主根貼水，根鬚低垂，卻離水數吋。請教店主是否易養，他略一沉思才點頭，於是屢敗屢戰的我，把葉子抱回家去。過了幾天，葉子居然沒有枯黃，根鬚反而明顯長了不少。一個多月了，綠葉在死角裏頭毫無病容，不減翠色。

死角，陽光不光臨，清風不吹拂，居然安之若素，這不啻是奇跡了。

凝視死角，有點感慨。何謂死角呢？顯然因物而殊，因人而異。總之，那環境，鬱鬱不得志於其中，受輕視遭壓迫於其間，便是陷於死角了，再不遠去，會神情蕭索，形容憔悴，形銷骨立。人的一生，難免碰壁，碰壁還好，一碰立刻知曉。困於死角，還懵懵然不覺察是最可憐的，白白把生命消耗。在職場中死角尤其多，切莫淹留；人生苦短，何必坐困？跳出去，讓自己昂首，別讓沒有陽光和清風的死角，消磨大好青春壯志。

二〇二〇年七月

春臨中大

三月中旬，清早回到母校中文大學，校車載我到山腰，即大學本部，我在圖書館下車。圖書館於我意義特別，數年前為策劃展覽而在六樓特藏部工作，前後幾乎有一年之長，有幸朝夕浸淫於故園，延續了夢一樣的大學年華。

此刻佇立圖書館外，太重的濕氣添了春寒，仍早的天色一片灰濛，望向大埔公路，但見山嵐朝霧，迷漫了山外的遠山。霧，輕而柔，看了心情也會輕而柔。中大春色，就是那麼輕柔，輕柔得叫人心都軟了。

不太遠處見萬綠叢中，一樹獨自艷紅，劉鶚《老殘遊記》這樣描寫大明湖：「青的靛青，綠的碧綠，更有那一株半株的丹楓夾在裏面。」恰恰可以描寫眼前景色，然而艷紅的並非丹楓，乃木棉。以火紅的色彩亮相，以英雄的姿勢挺立，以烈焰的溫度盛放，其他樹木全都成為配角，成為襯托的底色。

近在眼前的杜鵑，叢叢簇簇，錯落在山坡草地，矮矮灌木把姹紫嫣紅都付與春光。宮粉羊蹄甲，樹身修長，花朵嫩白輕紅，嬌而不俗。兩種花樹，交錯而立，高下相間，同時開花，一粉嫩如出水，無比溫柔；一濃麗如施鉛，紅紫爛漫，恰成絕配。花樹盛放，鑼鼓無聲，輕輕揭起了春之幔幕。

春，不過借着酥潤的一場小雨，已悄然降臨中大校園，絕艷的容顏台步輕靈地出場，怎能不暗地裏喝一聲彩？還沒細看已甘心投降，只願化為雨絲雨粉，融入春色裏。

盤桓一會兒便坐校巴下山，而這校巴站竟然綠蔭覆蓋，還輕綰着幾縷炮仗花，連校車站也美麗若此，也不知該怎樣說了。

山麓是崇基書院，我一生心繫的地方。崇基景致幽深雅靜，與大學本部的開闊全然不同。崇基那種美，不是一眼就能夠看得完全，而是一步一景，要曲折尋幽，方能領略，始能涵泳。不過一條小徑、一道階梯吧，信步其間，其實已經走進宋詞的小令，小令如夢。藤蘿就在左右低垂，草香自石罅暗暗沁來，那麼近，那麼親，幽而含秀，隱而迷濛，小而深邃。再者，崇基古雅，堤壩、小橋皆石頭所砌，無不古意斑斕，歷遍風霜，承托着厚重的歷史，而這正是學府的底氣。且流水潺湲，順勢而出，無斧鑿之痕，富天然之韻，勝卻人工雕琢無數。

那年代與火車站相望、跟球場相連的池塘叫荷花池。晚上繞塘散步，學生最愛唱小調〈荷花香〉，情意綿綿的。然而這荷花池根本就沒有荷花，何止不聞荷花香，不見田田荷葉，池塘甚至長年上鎖，不讓人擅闖，池塘裏更滿積淤泥。過了若干年，荷花池易名為「未圓湖」，風光明媚，成為遐邇聞名的「打卡點」，只因為讀於崇基教於崇基的生物系容拱興博士，在退休後領軍疏浚水源，引入清溪，導以活水，乃有瀲灩湖光，雲影徘徊。湖上有「拱橋」（容拱興博士以拱橋贈予崇基）與迴橋，讓人遊乎其中。又憑着他植物學的知識，察其環境，保留老樹，再種花木，前陣兒的熱點景色——落羽杉、池杉、水松臨水映照即其一例。每次遊未圓湖，總是別有一番感動；一瓦一石，嫩柳垂楊，湖心倒影……都是〈岳陽樓記〉「後天下之樂而樂」的精神延續。

在方樹泉樓下車，山腳不似半山那麼大霧，古木微濕，草頭凝露，一片春潤。高樹夾道，多是白千層，默默守在路旁好幾十年了，恍惚間學生時代追火車的影子又浮在眼前。樓旁有草地，地方不大，可是茂林修竹，列植其後，足可林間讀書，師友談文，一隅幽景，一方淨土。

未圓湖畔有一株「無憂樹」（Saraca dives），是佛教三種聖樹之一，相傳太子佛在該樹下誕生，故又稱佛誕樹。聽說是在一九九七年，香港面臨回歸，人心跌宕，有心為香港祝願的崇基校友，不憚其勞，用貨車把這株無憂樹從廣州運來，種在未圓湖畔，好安慰眾生。為表珍重，特意用低矮的灌木把無憂樹圍抱，亦是讓遊人辨識的好方法。二十多年來，無憂樹一直生長，卻甚少開花，怎知兩三年前忽然一樹橘色，繁花吐艷，掀起熱潮，慕名而來者絡繹不絕。

有些善信特意來訪，還在樹下撿起樹葉，回家供奉。今年雖然有花，不過疏落，在樹下仰望，但見葉濃花稀，綠肥橘瘦。葉呈長形，橘色的花半球狀，一簇一簇立於樹梢。已枯萎的葉片成串掛在枝頭，奇怪是並不變黃，卻是一串灰綠，暗而不晦，另有味道。

往前再走，草地下的泥軟軟的，儲足了水分與能量，好讓春草更行更遠還生。不遠處，勞思光銅像靜坐茵陳之上，瘦小身軀與高超哲理合乎為一。

我忽有感悟：銅像與聖樹，意義深遠。重視哲理，故此哲學家勞思光沉思湖畔，未圓湖也充滿了文化情思。崇基是基督教大學，對佛教聖樹，毫不抗拒，反而悅納，加倍珍惜，這就是哲理和胸襟到了某一境界的表現。

心裏常有春天的人，才會心思活潑，頭腦開明，胸懷寬廣。青青子衿，何其有幸，得享四載春風。我憑着橋欄，但見湖水澄明，波瀾不驚，啊，從「幾曾識干戈」到「猶厭言兵」，此刻，草木葱鬱，春和景明，回憶中的中大，理想中的中大，立春風裏。

二〇二一年三月

空姐煎炸奉坊鄰

「昔日翱翔萬里身，今時煎炸奉坊鄰」，兩句詩已道出這新開張的小店背後的故事了，昔日與今朝，滿眼白雲與盈室油煙，高薪優職與灶頭拼搏……世事無常，疫情嚴峻，航運業未知何日黎明，空中小姐與空中少爺唯有卸下煌然的飛行制服，在電車叮叮的路旁，經營煎炸小店。

那夜我就在附近，雖然素來很怕上火，但既然知道疫下有這麼一個奮鬥故事，一切就便，又怎能不幫襯呢？呀，找到小店影蹤了，還以為店舖取名為「空姐煎炸小店」，卻沒有哩，箇中自有其踏實，這個教我欣賞。不炫來歷，以美食、服務等來奉客，才是長久招徠之道。店面窄窄的，店堂深深的，素白瓷磚給光管照得很亮，繫上黑圍裙的情侶忙着下單、煎炸，「生涯儲備薪和水，小店經營苦又辛」，營業時間共十二個半鐘頭。飲食業事前的預備非常繁重，營業時間又長，正是「路險未容多俊選，心寬自力少憂貧」，可是始終是自己的生意，又處於人流絡繹的地段，憑自力撐下去總可以生活的。

「生意好嗎？」「新開張，只夠交租。」「未掙到人工？」「未。」這種答問未至於冒昧，希望能流露一點關心。小食即點即煎炸，得等候五分鐘，空少建議以後先 WhatsApp 落單，便毋須久候，說得體貼，到底是服務行業出身的。挽着整齊小膠袋坐巴士回家，又故意把小食放涼，好減低煙火氣，入口時仍帶微溫，煎釀三寶煎得恰好，單骨雞翼調味甚佳。

前事滄桑，未來難卜，小店雖小，然而流露誠意。空姐窈窕，空少英俊；空姐麻利，空少細心。一對戀人，從機艙跳出來，開業於市廛，以另一種形式比翼飛翔，可謂香港精神的體現。「人間盡是滄桑客，我亦滄桑寓一廛」，詩人譚福基得悉疫情開業的因由，即使素昧平生，也專程在小雨酥潤的開張日前來打氣，還感興為詩。化事為理，理中有情，詩寫得好，感動了我，終於用行動來支持。

疫情苦困，曠日彌久，人間添了滄桑，多了溫暖。

二〇二一年三月

榴槤香裏細端詳

我獨自立在超市擺賣榴槤的層架前，靜靜地與榴槤相對，這短短的時刻充滿享受，洋溢幸福。

榴槤是極其偏鋒的水果，其香濃郁，輕輕飄來，足以酥倒脆弱的意志，於是解囊在所不惜，然後連黏在指頭的榴槤肉也要舐之方肯罷休。不過，其香烈異，猛然襲來，攻城掠池，壓迫得抗拒這氣味者幾乎嘔吐。愛與恨，迷戀與憎惡，追求與逃避，完全是原始的生理反應，不可理喻，也許是埋藏在DNA的因子暗暗作祟吧。

榴槤多呈囊形，或成腰果狀，或似一大一小合併而成，體形倒不重要，不入評選的準則。在大堆榴槤面前，我氣定神閑，施展出挑選的學問，儘管聲色不露，然而實力自知。孔子曰：「人不知而不慍，不亦君子乎？」何須旁人識我？此刻，迎接挑戰，考驗本事，才是正經要做的。有備而來，絕不空槍上陣——我戴上勞工手套，不讓手榴彈的尖釘刺傷我，否則也太失身份了。

權充伯樂，品相高低，判別生熟，自然成竹在胸。步驟大致有三：一是定神觀察，以貌取榴槤。「有諸內，形於外」，成熟可食的，表皮已露端倪，像裏不住的青春，透出快要破殼而出的願望。

二是以手測試。許多小販不讓客人觸摸榴槤，其實，榴槤剛硬，哪畏碰觸？未熟的榴槤硬梆梆，根本無法入口，故此斷不能輕信小販，一定要親自選拔，這正是我寧取超市不揀果攤的理由。且看紋理宛然而蜿蜒，我只用拇指和食指沿着城牆兩側，輕輕探聽，已知虛實。

三是低頭嗅嗅，渾然熟透的，從首到尾，散發香氣，拼盡誘惑。

這三步已有幾分像宋代科舉之州試、省試、殿試，往往經歷三重考驗我就下決定了，雖然我知道還有第四步，可是這動作要有手力，非我所能為。動作是把榴槤舉起，搖兩下，聽之有聲，即裏頭的肉在搖晃，表示不黏滯，未曾過熟。

這超市沒有專用的職員代客開榴槤，然而人家以為相當難者，倒不能難倒我。「依乎天理，因其固然」，動刀甚微，硬殼剖開，淡淡金色的果肉依偎殼內，飽滿、豐腴、新鮮、香濃。

此刻，「為之躊躇滿志，善刀而藏之」，文惠君見我一介纖纖弱質，拊掌笑曰：「嘻！善哉！技蓋至此乎？」

二〇二一年五月

邂逅月色在東窗

「何夜無月？」蘇軾這樣問。北宋年代的黃州，又怎似香港的房子密如梳齒呢？市區樓房尤其逼仄，哪得中庭皓月？

怎料月似簾鉤，就在今早天未拂曉，已悄然在東窗相候，只待我抬頭窺看素顏。而我，夜半醒來，覺得躺臥床上也不見得能再度入夢，光陰焉可浪擲，就步入廚房燒水沏茶，電水壺嗤嗤地響，轉瞬就要沸騰。萬籟俱寂，一點甚麼，都分外令人在意。忽然抬頭，但見月掛天上，啊，一鉤懸於天際，夜空未曙，給黑暗底色襯起，月色依然光芒，仍舊嫵媚，光華低轉，脈脈清輝。「楊柳岸曉風殘月」，大概是這時段了。

一切都來得偶然，來得詩意，蘇軾閑愁裏的中庭月光，柳永風流裏的曉風殘月，一下子，與我邂逅於千門萬戶裏頭的東窗下。住在這裏好幾年了，從未望月，樓是高樓，天空給樓宇遮擋了大半，只剩下有限的空遠，賞月又哪及黃州承天寺？時機一直未至，我甚至缺乏賞月閑情、追月決心。夜殘漏斷，破曉未臨，本應熟睡，偏又佇立，相會嬋娟，似在夢寤之間。

無意得月，卻在杯盤錯雜油煙濃重的廚房，可見緣分無雅俗之分，唯在心境，懂得珍惜當下才得享人間清福。

呀，「涼風有信，秋月無邊」，中秋不遠，惜取明月吧。

二〇二一年九月

詠薑二題

・烘薑

深水埗唐樓裏那廚房，灶頭橫排了四五個火水爐，一伙一爐。每到傍晚，爐火鼎盛，主婦掌勺，炒菜時，鑊鏟碰觸鐵鑊，滾油吱吱、濽酒嘖嘖，鬧成一片人間煙火。姑婆煮飯時，已是入夜，過了廚房高峰期了。她丈夫在「金山」，我們開平人慣稱美國為金山，稱美金為「金紙」，丈夫每月都寄數十元金紙回來，可是丈夫不在身邊，始終缺乏安全感，所以不辭勞苦，放下曾是地主的身段，去製衣廠車衣，從無怨言。她的精力不用於烹調，廚房不是發揮她優點的地方，我甚至忘了她煮過甚麼給我吃了。更何況，放工之後才做飯，那疲累影子，已是立在炊煙漸散的燈火闌珊處了。

那唐樓的炊煙早已散盡，化入壁上，積為油煙了，仍在我腦海徘徊未散的，是她偶爾在廚房烘薑的情景。她每覺頭疼，就把薑斜切成薄片，放火水爐上，慢火烘薑。火水爐鐵皮造，結構簡單，底部圓墩墩用來貯火水，圓環蓋子覆其上，棉燈芯泡在火水裏，點燃棉燈芯就能生火燃燒，原理像油燈。還有一個小小的手把，往上一剔則武火，往下一按則文火。姑婆把火力調到最慢，薑片直接放爐頂，烘一會兒，待薑片暖了，用筷子逐片挾起，放碟子裏，才把火熄滅。

回到那沒有窗子的中間房，她半躺下來，小心翼翼把薑片放左右太陽穴和前額，然後閉上眼睛，靜靜休息。猜想暖暖的薑片能把薑獨有的辛辣透入毛孔，發揮鎮痛功能，舒緩了不適。有時她甚至沒把薑片取起已模糊入夢，大概體力不勝了。

烘薑

看過這種療法後，我即使年紀尚幼，也應該一見她烘薑，就搶着幫忙，而我實在不懂體貼，竟然讓她撐着病軀，立在灶頭，苦中求藥。

薑，不過粗生植物而已，價賤，外形像變形蟲，菜攤必賣，家庭必備，最宜調味。然而薑有其難能可貴的藥用價值，頭暈時把薑片含嘴裏，可止暈。

薑，來自大自然，來自泥土，薄薄的表皮猶帶着泥，渾身質樸厚實，蘊藏能量。有時我把薑放掌中，輕輕捏捏，想起這天賜之物，給烘成半乾的薑片，曾敷在姑婆額上，減輕了痛楚，就由不得對薑憐惜起來。

• 憶風雪念薑湯

倘若寄身雪國，窗外風雪漫天，偏又孤身煢然，無邊寂寞，清冷況味隱隱侵來，已是滿室冬寒了。萬一病魔奄忽襲來，怎生消受？行程未完，抱病上路？

那次我客居加拿大，初到貴境，住在地窖，淋浴時一個大意，冷水直下，閃避不及，九重天外的冰霜照頭淋來，忙關水喉，奈何為時已晚了。我冷得打哆嗦，寒氣猛然鐵馬冰河，從百會穴攻到鼻子了，當下頭昏鼻塞，完全是重感冒的狀態。一時間千慮百轉，行囊中苦無能鎮風寒之藥，可是夜色深沉，門外一片漆黑，藥房、醫館何處可尋？我意識到自己已陷於人生苦境——客途更兼一身病。

若不馬上延醫必然病倒，只是人生路不熟，怎辦呢？忽然靈光乍現，電光火石一樣，想起薑，廚房不是有薑嗎？

連忙抹乾頭髮，披衣衝往廚房，把肥厚的薑切成厚片，燒水，落薑，到蓋子給蒸氣推得磕磕響，慢火再煮一會兒，薑的香氣微微飄送，薑湯溶溶地透着暖意了。

翌晨醒來，給棉被裹住，室內也有暖氣，體內風寒已散，我差點忘了昨夜曾遭風霜雨雪夾擊，幾乎大病不起。呀，避過一劫了！客途染疾，本來彷徨無計，那麼因何急中生智，懂得自救呢？噫，我的 DNA 裏頭有不少粵語長片的元素，大鑼大鼓的古裝片訴說了多少宣揚正義的故事——落拓於窮途的天涯倦客，遇上寒風暴雪，差點就凍僵了，幸得好心人救起，餵以薑湯……

路見病危，馬上出手，仗義匡扶，發揮民間智慧，以薑湯這種尋常易得的食療，救人一命，暖人一生。嚴寒裏，雪泥上，一念間，自救救人，原來是文化回憶在發酵、民族底氣在激揚。

二〇二一年九月

霜落冬瓜

冬瓜以華麗姿態登場。一盅冬瓜，奉為上品，盛載在金屬鑄造刻上花紋的名貴食具裏頭，冒着如仙氣的輕煙，亮相酒樓。侍應用勺子把火腿、乾貝、瓜肉、湯水放碗裏。那些給刮下的瓜肉，已半融化於熊熊爐火，又吸收了配料的精華，不再白如冰雪。縱然纖維輕綰，可是肌骨無力，隨時都會化掉。

香氣四溢了，怎能不快點飲之啖之呢？好把五內的暑氣消除，我卻有點恍惚，只念念於瓜皮上那層如霧的輕霜。唉，老火熬煎，連瓜皮顏色都從灰綠轉為墨綠，那麼，輕輕的一層霜，焉能不帶着淚水消融呢？

在菜攤與冬瓜相逢時，見這種一年生蔓性的草本植物，飽滿肥重，奇怪是滿身瑞雪。新鮮的冬瓜，表皮鋪滿白霜，茫茫的，如林間初雪。植物學家一定能告訴我，白霜為何而來？有何保護作用？我總是傾向於浪漫想法，非常不科學地推想瓜皮那層白霜：是北國霜雪，千里南下，偏偏溫柔地飄落嶺南這冬瓜上，好讓飛霜灑得冬瓜滿身滄桑，好讓霜白為已成熟的冬瓜添上星星華髮，好讓冬瓜在厚重中仍帶一身冷傲，好讓淒美的寒夢留為雪印……

「還不趁熱吃？」朋友催促了。冬瓜巨無霸的身形，真是「有容乃大」，分量誇張，讓食客添了再添，燈影人聲下，一巡復一巡，直至冬瓜只賸下空虛的瓜皮，只賸下縷縷餘香。

二〇二一年十月

細雨酥潤年初七

這兩年來，全球都陷於疫情，前陣兒本地確診個案減退，市面回復生機，豈料近日又重臨險境。到了春節，香港抗疫尤其艱苦，新聞發佈會上張竹君醫生言之淳淳，提醒盡量減少拜年等聚會……

天氣持續地冷，我因氣管敏感而偶爾咳嗽，此時此際，一聲咳嗽也會惹起疑雲，於己於人，更不宜外出了。留在家裏，艷紅揮春高掛，祝福 WhatsApp 頻來，始終是愉快的新年。今天初七，黎明醒來，憑窗外望，但見電車路上空寂，隔一會兒才有汽車飛馳而過，如斷如續。房子朝南，依然感受到寒氣，可以想像外面怎樣清寒了。到了應該天明的時刻，窗外仍是灰沉，濛濛然一片濕氣，這個初七，飄飄細雨，更冷，冷冷的天氣，火火的疫情……

這菜市場的店鋪，營生於老舊房子下，街頭到街尾，不過三個街口，已然高度集中了民生必備的種種食材。買菜在路邊，另有自在的感覺。聽說超市已有搶購現象，略見緊張了，這兒物資倒好像還可以。賣有機蔬菜的，菜心乾身，可多存放數天，價錢的確漲了不少。賣雞蛋的，竹絲雞蛋、初生蛋、走地雞蛋，不同母雞生下來的，蛋殼色澤可辨前生。賣水果的，有一家非常霸氣，侵佔大幅行人路，已有年矣，依舊放任無人管束。雞檔領牌，可以生宰，鮮雞數隻，躺不鏽鋼枱上，等待買家。不過，泰國蘭花無影無蹤，原來班機沒來。

我穿上防雨的大衣，推着買菜車，匆匆走一轉，最後抱着大把輕紅的劍蘭，細雨酥潤中，揚手召車。幸好在車上沒有咳嗽，沒讓司機擔心。推門入戶，水仙香氣，清幽淡雅，盈滿一室。

窗外，天色依舊陰沉，雨絲酥潤，僅是輕輕沾衣。年初七染疫人數破六百了，形勢可憂，而秒針動着動着，日子仍然要過的。

在冷冷的天氣、火火的疫情裏，揮春散發祝禱，水仙臨水自芳，劍蘭挺着英氣。

二〇二二年二月

拈花不微笑——老人院舍心意奉

世事往往是最令人擔心的偏偏就出現，香港老年人接種新冠肺炎疫苗的比率太低，急症室外老人餐風冒寒等候入院的情景觸痛了整個社會……

多年前，深水埗那老人院親戚曾寄居，在僅有一窄床一食物櫃一小衣櫥的空間度過餘生。親戚與我們同宗，數十年親切相交，她兒子告訴我父親入住老人院事宜，父親竟然傷感得落淚。我每隔數周便帶些時令水果，尤其是化痰的枇杷果去探望。那院舍屬私營，客廳的大電視從早到晚都是翡翠台的聲音，沙發及靠背椅子承載着或臃腫或乾瘦的殘軀。淡淡臭味在空氣裏鬱着不散，為了方便大小二便，不少馬桶放床邊。每次探望都是歡欣喜悅，說些親戚之間的舊事也覺溫馨。倘若來訪不勤，缺乏關心，老人呆於屏風內，日久會變得寡於言笑，甚至不言不笑，一些左鄰右里已經冰封於人間冷漠了。

後來曾有五年歲月，每月一次，社工與我領學生到老人院服務去。那份工作雖然並不辛勞，但絕對是豬頭骨，原因在於要在星期六下午工作，誰肯特意在周末離家出差呢？加上這種差事本質上如細水輕淌，無功可邀；若是出了力而人人都看得見且可以獅子採青者，當然有人爭逐。當年我剛剛調職到此，豬頭骨慣性地編派新人，聽說一般人只做一年就連忙推掉，把球拋給下一個新人算了。我竟一聲不吭就做了五年，直至離開那校。堅持，總有堅持的理由吧。

社工室是日本組合屋，獨立式，很有私隱。室外是校園邊陲，平日騎單車回校的把車子鎖在這兒，單車無聲地散發一躍即奔的青春氣息。每趟探訪，社工黃姑娘總是先解說後行動。解說至為重要，是此行意義與實踐的關鍵。參加的同學穿了便服，在社工室外很自然地圍成一圈，排列已隱隱然透出向心力。社工先把待會兒要做的心意禮物給大家看，又每人派一袋手工材料。禮物次次新款，這次做紙製相架，下次年曆，再下次小抽屜……都是實用而小巧的。服務以老人的心靈為本，所以社工提醒：敏感話題如有甚麼家人、因何入住老人院等不便問，免得觸動心事。探訪是互動的，從探訪中讓學生接觸年華老去這人生課題，主題嚴肅而蒼涼，蒼涼得要性格堅強才能承受。有些老人耳朵不靈腦筋不活，對學生的熱情反應冷淡，甚至神色漠然，不理不睬，莫說是稱讚和微笑了，對慣了受重視的小孩子而言肯定難受，曾有個特別幼嫩的中一女生當場哇哇大哭。事前解說，是此行的底色，打好心理準備方能送暖。生命教育往往要碰觸人生的苦澀，要懂得化磨損為歷練。

我從旁聆聽，暗暗佩服，自己也獲益不少。我接觸過的學校社工中，以她最出色。她那種表達方式難得之處在於舉重若輕，把沉重的課題輕輕地交給孩子，讓孩子敬慎得像接過瓷器一樣。又因為聲線愉快，把話說得輕輕的，流露專業訓練的成熟，毫無硬直的灌輸，所以聽來舒服，容易入耳，大大提振士氣。好開始是成功的一半。

成績表上有一欄叫服務，為了及格而來的總有若干吧，可是，明白了箇中意義，就能夠擺脫功利的起點。發自內心的動力超於分數考量，故此不曾見懶洋洋敷衍了事的。至於我，頭半年負着腳傷，只能靜坐一旁，幫不上忙，康復後才發揮能量。

我們從校園後門出，抄小路五分鐘即達。老人院舍位於將軍澳，由教會管理，以市區而言那幅地皮面積相當寬廣了，最難得是外有大花園，花木扶疏，長椅三數。我曾把相機的鏡頭盡量遷就，拍出來只見一園清幽，看不見咫尺之外車水馬龍，以及聳立的屋村。院舍數層，半是受政府資助，得輪候數年；半是自費，屬於富貴老人院的級別了。我不免想起深水埗那哀沉的地方。

大堂寬敞，門戶森嚴，進出必須拍卡，門內有門，防止老人走失。來迎迓的職員也是年輕社工，神情輕鬆，稱呼老人為「老友記」，很自然很習慣地用手擁住老人肩頭。我們用陌生的眼睛去觀察，她用了解、接納、愛護的動作來示範。老人已坐在飯堂了，但見黑板上寫了一天五餐的時間和餐單，顯然已考慮了老人的牙齒、消化力與營養。幾張飯桌併起來變工作枱，我們便坐老人身旁做手工，時不時問：「貼幾顆星星好不好？這朵花您喜歡大紅色還是粉紫色？」老人頂多望兩眼，點點頭，面上無甚表情。到心意禮物奉上，有實質東西在手，才露出絲絲高興。

解散前又再圍圈交流感受，肯定和欣賞是火種，點燃持續服務的意志，我留意到圈子比出發前溫暖、緊密。

「已經有四百七十間老人院舍的院友和員工染疫……」是翡翠台的聲音，啊，深水埗那老人院依舊響起這聲音吧。新冠肺炎這大魔頭，步步相逼，連孩子拈花也不懂得微笑的一群，怎堪一擊呢？

二〇二二年二月

燒臘香脆慰餘年

偶訪筲箕灣，天色向晚了，便朝電車總站走去，卻見燒臘店外排着十來人。我忽然嘴饞，想「斬料」回家。「斬料」是我們那一代孩子舌尖上甘腴的回憶，半肥瘦而邊緣帶燶的叉燒、有骨可啃有肉可啖的燒排骨，還有燒肉哩，皮脆肉腴……

可是排隊太費時了，不如先看看究竟吧，咦，怎麼人人都拿着塑膠盒子？且輪候的全是白髮飄蕭的老人。自攜盒子，很大可能是派飯，不是買飯了。從隊尾一直往前走，走到店前，舖面並沒有貼出派飯的告示。我斷不能越過人龍，搶先一步去買，當然也不可能排在隊尾，一下子處於兩難了。

燒臘店位於街市，攞賣雞鴨蔬果的小販，已陸續把檔口收攏了，燈火闌珊的況味隨着夜色沁來。燒臘是我們廣東的美食，店舖像魯迅筆下的酒舖，自有格局。舖面也是呈曲尺形，玻璃為屏，阻隔塵埃。不鏽鋼橫杆上掛了許多鉤子，肥雞、燒鵝、開邊斬件的乳豬都高高掛鉤子上，小塊細件如叉燒、雞爪、豬耳等則盛盤子內。油光亮澤，大小肥瘦，一目了然，坦坦蕩蕩。入夜了，鉤子零落，只剩下三兩隻貴妃雞，還有一大塊燒肉而已，也是快要打烊的光景。師傅在鉤子與砧板之間忙，手腳麻利。

「這兒有飯派嗎？」我問老婦，她點點頭，不大願意面對我好奇的眼神。等待賙濟的苦澀、期盼燒臘的愉快、怕遇見熟人的不安，這些複雜的感受，都給一個陌生人的發問混和在一起。店舖燈火，只照耀住隊頭，兩三間舖後是地盤，黑漆漆的，隊尾便籠罩於陰暗裏。此刻接近七時了，人龍又長了一點點，都在等待一個開始。我禁不住再三望去，這隊伍，疲憊而襤褸，在晚景裏透着蒼涼。在繁華城市裏不起眼的角落，哀沉的一景，如一聲聲嗟嘆，漫入長夜。

推測這燒臘店天天多燒製一些，每到入夜時分便低調派發，惠及區內老弱，然而數量不多，畢竟財力有限。明哥在深水埗北河街派飯，樹立榜樣，感動人心，原來這社會還有許多個明哥，照顧了胃，溫暖了心。

經過火烤燒製，燒臘有其獨特光澤，加一兩條青菜，鋪在絲苗白飯上，色香兼備，看見就會喜歡，且讓老人開開心心吃燒臘吧。

二〇二二年八月

四　談文

且說《牛津道上的孩子》

編輯《牛津道上的孩子》的靈感，來自陳耀南教授無意中的幾句話。他說：「福基給我的信用毛筆用古文來寫的，他寫得那麼好……」語氣裏頭有無限惋惜。譚福基（一九四九—二〇二一）是教授五十七年來最愛惜的門生，是詩人、學者、校長。他文才超逸，飲水思源，對母愛、師恩、校訓終身不忘，文則清麗晶瑩，詞則款款情深，竟在暮春時節猝然而逝。「日月長懷腑肺摧，修文乍聽憶轟雷」（〈念福基〉），驚聞噩耗的一刻、憶念弟子的愁思，八十歲的教授說來猶神傷不已。

那時編輯遺作的工作已展開，既然有這麼珍貴的書信，必定要納而成章的。教授一貫地快人快事，數天後已收到速遞寄來的彩色影印本了。我雙手接過信札，反覆思量，一時間不知怎樣把師生厚誼尺素深情融入書裏，真是茫無頭緒，拿不定主意。「用志不分，乃凝於神」，意念醞釀良久，終於成熟。我要把一個旺角街童，因為考入英華書院、幸遇恩師而成為詩人的故事刻畫。方法是以弟子的文章和書信，曲水流觴般，從歲月長河的上游出發，直至流到生命的盡頭。故此，這本書不止是文集，更是清流水響、感恩不盡的故事，書則名之為《牛津道上的孩子》。

舊文中最渺遠者在五十多年前，是塵封了的少年才氣；最近者在福基故世前數月，墨痕猶新，乃晚年的文心情采。我逐一鉤沉，然後分類、校勘、訂正、編選、附注……全書分為五章，依次是「匣藏母愛」、「清新俊逸　初露頭角——《中國學生周報》見崢嶸」、「最憶牛津道上的英華」、「牛津道上遇恩師——陳耀南教授」、「五十七載師生情」。伏案七個月，編好了兩本文集，即《牛津道上的孩子》及《彈指芳華》，期間長期專注在電腦屏幕以至雙目常流眼水，頸膊也勞損過甚。構思已成型，稿件亦齊備，那「孩子」整裝待發，可以踏上「牛津道上」了。後來經歷一番跌宕，數月後《牛津道上的孩子》始獲出版，接着是《彈指芳華》。

編輯後期非常幸運，發掘了許多正好配合文章的相片，「牛津道上」彷彿眼前，求學之路隱約可尋。得福基師弟多方聯絡，才獲得英華書院同意轉載相片；再加上福基同窗的贈序及插畫，喚回孩子已逝的音容笑貌，一系列遺作的第一本方能譜成。

師生之情，情起於一九六四年，緣始於牛津道上，不因日月逾邁而疏，不因悉尼與香港的萬里阻隔而淡。這是人間一闋動人的弦歌、一道美麗的風景線，從牛津道上一直漫到香港教育史裏。

我是編輯，雖然編輯經驗有限；也是說書人，嘗試用導讀來帶引故事，儘管只是初試啼聲。且聽聽我這說書人，模仿着語氣，道：「話說當年的學生哥，上京赴考一樣，要考升中試……欲知後事如何，且看孩子文章。」

二〇二一年八月

序《記取芳菲時節》

馬氏姐妹，三朵芳馨——重芳、渝芳、寧芳，都是抗戰的孩子。重芳和渝芳生於重慶，渝是四川重慶別稱；到寧芳出生時，舉家已從陪都遷到南京，寧即南京。年輕的父母把出生之地嵌在女兒名字中，寓意何在？念念於家國憂煎？處於憂患更應自強不息……可能還另有寄意。總之襁褓中的嬰兒，隨着國家多難的命運而顛沛流離，因為名字裏刻鑄了動蕩，澆灌了勉勵，即使未識其人，只要先看其名，自會有所領略。

烽煙劫後，一家終於扎根香港，正是兄弟姐妹的求學時期，難得都能跨入大學門檻，可見即使性情不同、志趣各異，但上進而力學的志願則是一致的。

楊振寧數十年前已經預言中國會蓬勃發展，理由是中國家庭重視家教，孩子品行好、愛唸書，而人才乃國之棟樑。馬家很傳統，父母跟其他中國父母一樣，非常重視兒女的教育，所謂幼承庭訓，姐妹氣質都獨特。渝芳和寧芳多年來在香港從事語文教育，渝芳法文字正腔圓，寧芳普通話抑揚有致；重芳以清柔聲線在梵蒂岡電台播音並翻譯，且以習聲樂為樂。

近日我用犁田式的笨方法在《中國學生周報》搜尋資料，無意間發現了寧芳短短的散文，行文充滿童真，令人莞爾，原來是中學時代的作品。當年的《中國學生周報》是文藝青年的苗圃，新苗青青，彩筆鮮嫩，一片氣象。學生把文章投到《周報》，倘若獲得編輯青睞，校名連作者姓名或筆名都一併刊登在報紙上，是何等的榮譽。可以想像，不同年代傾心於創作的文藝青年，孜孜不倦，奮筆把豆芽夢直書，啊，人不文藝枉少年！

在搜尋器幫忙下，重芳、渝芳的文章亦於電腦屏幕躍出，重現可喜的光華。我在文首所說的三朵芳馨，並非溢美之辭，她們在生命的芳菲時節，沒有浪擲春光，沒有錯過靈感，而能夠留心文藝，振筆書寫，各有一篇佳作，可見文藝創造力確然存在，不然又怎能刊登在《中國學生周報》上？

重芳中學時代得遇愛才的良師，代為投稿，這是她的福分；渝芳投稿之時，已是中大中文系的學生了。兩篇小說，重芳文筆簡潔利落，立體生動，側重心理描寫，長於借動作來刻畫內心的變化。渝芳文以載道，把善良的人生觀寄託於小說，難得在層次推進，自然有致，點出主題，而不流於說教。

投稿這回事，多少教人赧顏，所以青青子衿的文采，亮在殿堂級的《中國學生周報》一隅，姐妹居然互不知情。重慶姐姐，南京妹妹，三篇文章散落香江，塵封了數十年，竟然巧遇，重現眼前，那麼，把舊作回顧的剎那，相信不無恍如隔世之感。渝芳囑我為這小小文集作序，我欣然答應。文章既然與我奇逢，書名亦由我擬定，緣起於此，緣聚在斯，那麼「一條龍」式的服務又豈敢推辭。

一篇好文章，從無到有，從靈感乍現到滿紙墨痕，絕對需要毅力，缺乏毅力，不可能記述文心。青春寫在稿紙，有幸給鉛字印在報上，化為成長的記錄，這記錄是永恆的，哪管相隔了多少年，依然帶來喜悅與讚嘆。三朵芳馨，經歷戰火，日後即使飄到異國，根落他鄉，依然透着堅韌的底氣，飄起淡淡的芬芳。

二〇二一年八月

記取芳菲時節

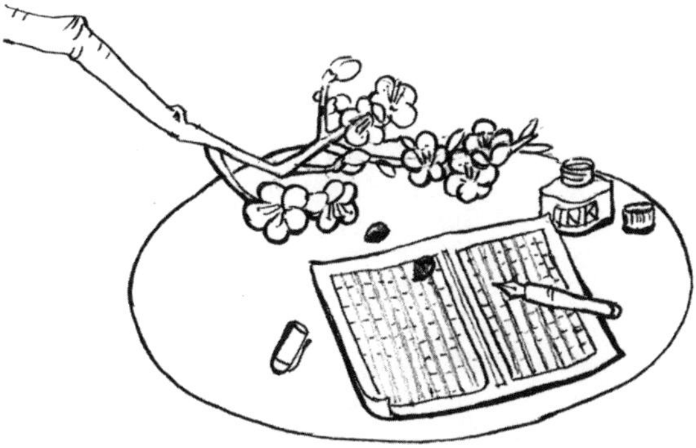

怎唱《鳳閣恩仇未了情》？

「一葉輕舟去，人隔萬重山，……我低語慰檀郎，輕拭流淚眼」，這首粵曲是電影《鳳閣恩仇未了情》的主題曲，作於一九六二年。曲隔半世紀，歌者麥炳榮、鳳凰女俱已隨輕舟遠去，如今空餘情淚，聽來更覺如夢了。這張唱片坊間難求，唯憑網上收聽，一曲既罷，網絡會自動轉到其他歌曲去，也不知根據甚麼邏輯。正因如此，方有機會聽到其他歌星演唱此曲，聽了，看了，忽有所感。

原唱者演繹得無懈可擊，更何況先入為主，後來者確實難於超越，不過，若在演唱前肯多下功夫去琢磨，總不至於離原曲的情韻那麼遠吧。

因何「一葉輕舟去，人隔萬重山」？為何「一曲驪歌人分散」？把「君莫嗟，君莫嘆，……願為郎君老朱顏」唱得如泣如訴的女子屬何身份？須知道，歌詞有其背景，若要唱得動人，起碼要把故事梗概弄個明白，對男女主角的國籍、年齡、地位弄得清楚，才能揣摩曲中人的心事，不然，連來龍去脈也不知道，又怎能投入、代入角色？倘若歌者對歌詞底蘊也含含糊糊，又焉能感動聽眾？

原來「鳳閣」點出女主角尊貴出身，她是南宋郡主，自小出使北地。男主角是番邦蠻將，兩人情愫互通，誰知此番由他護送郡主南歸，「異國情鴛驚夢散」了。金枝玉葉，即使天真癡情，依然一派尊貴，十分矜持，聽得情郎「怨青衫」，唯有低頭拭淚，然後蓮步上前，玉指輕輕搭着情郎手背，不過一下而已，即款款提起。看，這就是宮廷儀態風範。鳳凰女的戲路素來是活潑刁蠻，甚至大膽潑辣，今回演小郡主竟然楚楚可人、羞含脈脈，看得人「欲愛還憐」。唐滌生說得最精確了，「花旦最重要是一個字——憐」，即惹人憐愛。

麥炳榮外號「牛榮」，這夷狄將軍，自嘆卑微，惆悵滿懷，離愁哀怨，溢乎熒幕。鐵漢陷於情網，流露出無限柔情，尤其動人心魄。

後來演唱此曲而唱得神髓者只有鄧碧雲，她子喉平喉兼擅，子喉嬌美，另有風格。前輩均是紅褲子出身，苦練多年才有此火候。至於後浪，男女笑口吟吟地對唱，甚或輕鬆起舞，載歡載欣，似乎忘了「相思兩地夢更難」；女的風情萬種，哪有半點郡主的嬌貴含蓄，連淚承在睫也不曾，當然不會「珠淚向檀郎泛」。這首粵曲大量運用了李後主詞，文辭雅麗，一曲膾炙人口，歌詞歌者因而不朽，奈何一些後進演唱前不肯鑽研，難怪其感人力量也是「地北與天南」了。

二〇二一年十一月

賞析《書香尋蹤遊——民國作家在法蘭西》

翻開《書香尋蹤遊——民國作家在法蘭西》，恍若登上輕車，走進《午夜巴黎》的中國版，再跨省遠尋，舊夢依依，巴金、傅雷、李金髮、蘇雪林、朱光潛、戴望舒、常書鴻、艾青……還有已遭遺忘的重要作家如陳學昭、盛成、李劼人……丹青翰墨，揮灑淋漓。呀，法國小城原來是勤工儉學之所寄，周恩來、鄧小平、陳毅、李富春……譜出革命之歌的前奏。留法學生，風流人物，一一與你擦身而過。那時他們風華正茂，朱顏未改，一派豪情，才華正煥發，理想在燃燒……

百年前舟楫不便，因何跋涉而來？異國土壤釀出的醇醪，怎樣滋潤年輕的生命？法國風物怎樣開闊青春的視野？他們帶走甚麼，又留下甚麼？輕車載入夢鄉，作者綠騎士從容為你攤開地圖，各人尋夢的足跡一目了然，標示得五彩繽紛了。又遞來相片，原來那小河清波映照過朱光潛浪漫的儷影；這園子巴金曾舊地重遊，最唏噓是窗前苦栗樹已折；那小鎮孤墳埋了徐志摩一見即驚為天人的曼斯菲爾德；此山城傅雷曾苦研法文於窗下；那塞納河畔墨綠書箱教常書鴻決意奔赴敦煌……

作者指點西東，細說緣由，意猶未盡，更因事說理，從景入哲，如李金髮是「在西方採摘花葉，插枝東方根幹，開出異品」；《紅樓夢》法文譯本在巴黎北郊古修院完成是「奇書輪迴進另一個遙遠的文字世界」；中法大學舊址是「離亂時代漩渦中，兩國文化交流長河上一個渡口」。輕車引路，把中法相逢的文化長卷徐徐展開，仔細一覽，原來百年前的海外明月正窺看着華夏菁英哩。

二〇二一年十二月

不負十娘負虞姬——析白雪仙所演角色

白雪仙女史生於一九二八年，數天之後是九十四歲芳辰。天增歲月，更增榮寵。日子有多長，光彩就有多長。

她少負志氣，「會當凌絕頂」乃一生追求，成就之高實在無法以短短篇幅來論述，蕪文只是憑一點靈感，集中討論她在舞台跟電影所演過的角色而已。根據網上資料，自一九四七年起白雪仙已勤勞於水銀燈下，與馮峰合演《晨妻暮嫂》初挑大樑，一九六八年自資拍攝《李後主》是壓卷之作。廿年間共拍了約二百部戲，其中有古裝片珠搖釵動、民初片鳳仙裝束、時裝片摩登打扮，今古紅妝委實演出不少了。粗略說說，中國四大美人中演過兩位——《呂布戲貂嬋》、《西施》；文學名著及民間故事中的佳人，則有《金玉奴棒打薄情郎》、《生紅娘三戲張君瑞》、《司馬琴挑寡婦心》（演卓文君）、《陳姑追舟》、《紅拂女私奔》、《杜十娘怒沉百寶箱》、《唐伯虎點秋香》、《紫釵記》、《帝女花》、《獅吼記》（演陳季常之妻）、《蝶影紅梨記》、《跨鳳乘龍》（演秦穆公之女）、《芸娘》、《李後主》（演小周后）等，未拍為電影的舞台演出有《牡丹亭驚夢》、《再世紅梅記》。

她的戲路算得上寬闊，刁蠻的、天真的、靈巧的、體貼的、癡情的、果敢的……我覺得唐滌生最捕捉到她的氣質——外則嬌弱，內則剛烈，崖岸峻峙而振衣千仞，於是為她度身訂造了《帝女花》及《琵琶巷口故人來》。

鑼鼓喧騰中，光影閃耀裏，有兩個角色我一直念念不忘，一是杜十娘一是虞姬。我在中大唸書時修讀了「古典小說」一科，張雙慶老師分析明馮夢龍的短篇擬話本小說〈杜十娘怒沉百寶箱〉，說十娘見李甲滿懷心事，本來「抱持公子於懷間，軟言撫慰」，怎料到李甲竟將她賣與孫富，那一刻「十娘放開兩手，冷笑一聲」。他認為西方小說家可能運用大段意識流來描寫，馮夢龍僅用「放開兩手，冷笑一聲」八個字而已，借動作來刻畫徹骨的失望，勝卻萬語千言，正是中國小說特色所在。當時我心弦一震，杜十娘投江那麼決絕如此剛烈，跟要拔釵自刺肉眼的長平公主何其相似，杜十娘與白雪仙彷彿合而為一了。杜十娘年十三墮入青樓，十九歲已歷過多少王孫公子。她冰雪聰明，未有沉溺於「五陵少年爭纏頭」的短暫虛榮，卻決心從良，於是暗中攢聚金銀珠寶，且留神終身之託。邂逅李甲而山盟海誓，依然能夠極其理性地着他籌措三百贖金，考核一下他對愛情的承擔。可見十娘對世事並非天真幼稚，對男人也不敢輕信，對人生有長遠規劃。豈料，縝密部署，謹慎物色，不露聲色，最後依然癡心錯付。

原來白雪仙在一九五六年已演了《杜十娘怒沉百寶箱》，李甲由新馬師曾來演，沒想到任劍輝也大配角地扮演李甲好友柳遇春。香港電影資料館搜尋拷貝，二〇一七年於館內電影院公演，白雪仙果然沒有辜負十娘所託，且看她從容翻開箱籠，把釵鈿釧鐲倒進江中，再縱身一躍自沉江底，悲愴而斷然，沒有人演得比她好。

《霸王別姬》是京劇重要劇目，我曾看過梅蘭芳虞姬舞劍的錄影帶，「到底意難平」之感卻總是湧上心間。虞美人，白雪仙形神俱似。根據《史記・項羽本紀》：「項王軍壁垓下，兵少食盡，……有美人名虞，常幸從；駿馬名騅，常騎之。於是項王乃悲歌慷慨，自為詩曰：『力拔山兮氣蓋世，時不利兮騅不逝。騅不逝兮可奈何，虞兮虞兮奈若何！』歌數闋，美人和之。」《楚漢春秋》記虞姬和歌曰：「漢兵已略地，四面楚歌聲。大王意氣盡，賤妾何聊生。」歌畢即自刎。

即使追隨着末路英雄，虞姬不無選擇餘地，她可以佇立帳前目送項王騎烏騅殺將出去，最後任敵軍擄走自己，落入「銅雀春深鎖二喬」的命運。倘若如此被動，則虞姬只不過是項羽劍鞘垂下來的流蘇穗子，何來劍光凜冽？怎配蓋世霸王？她不止讓項王無後顧之憂，更以死成全了人格，「千古艱難唯一死」，貞魂烈魄遂隨項王留在青史，寫下動人心魄的一頁。

在吳世勳舞蹈編排下，《蝶影紅梨記》白雪仙一場扇舞十分出色，虞姬舞劍已在我腦海裏翩翩。鑼鼓一聲比一聲急，劍光舞影一下比一下快，鐃鈸忽的一響……真是「美人如玉劍如虹」。虞姬淒美而剛烈，不由她演倩誰演？至於西楚霸王麥炳榮當可勝任。她拍了兩百套電影，竟然沒有演虞姬的機會，奈若何！虞姬不幸，沒有白雪仙來完美演繹，虞兮虞兮奈若何！

十娘與虞姬，遇與不遇，參商交錯地訴說命運。至於白雪仙的命運——十三歲踏上台板，從梅香起步，十六歲升任正印花旦，二十八歲成立「仙鳳鳴劇團」。或曰：她是白駒榮九女兒、薛覺先弟子、任劍輝伙伴，當然甚麼都佔優勢。在起跑線上她明顯比人強，不過，路，始終靠她自己走。其父其師其伴早已隨風而逝，孤單而漫長的路上，她以藝術總監的身份親自督師，重按霓裳，把粵劇推向完美。志在千里的精神，完美主義的毅力，經年浸淫的學養，因而屢獲殊榮，多間大學頒授了榮譽博士，光彩又豈是偶然呢？

日子有多長，光彩就有多長。提振粵劇是白雪仙一生志業，她奉獻給粵劇，粵劇也成就了她。四月初一是生辰好日子，謹祝她仙壽恆昌！

二〇二二年四月

青芽初露　嘉木成蔭——序《我的青芽歲月》

《我的青芽歲月》固然是女性的自傳，自家庭、眷村、校園出發，卻又把中國風雲變色的剎那勾畫，讀之猶如翻開歷史依稀的章節——由抗戰末期到一九四九年後的發展，從重慶到高雄，兩岸濤聲拍岸。時代激蕩，於是昵昵兒女語與熊熊愛國心交融，琅琅書聲與澎湃巨浪共鳴。筆法剛健之中依然婀娜，冷靜之中偶爾高昂，自強不息的意志瀰漫全書。

鍾玲能詩能文更擅小說，這些長處在自傳中從容舒展。且聽她娓娓然說其動人故事，個人成長、師友交會，花花葉葉，莫不關情。與之前作品比較，此書有兩點很值得留意：一是流露出她有意把歷史鑄刻其中，滄桑且厚重之感慨遂風雨般逼人而來；二是她不斷探索、分析自己，於大腦活動及心理反應皆反躬自問追究到底，顯然是要用力繪畫多張深刻的自畫像，好留下重重疊疊的影子。

全書最動人之處是她父親以海軍參謀長身份接收日本賠償的八艘軍艦，還有，日本把甲午之戰的艦錨當作勝利品展覽於上野公園，父親以外交途徑凜凜然索回，不容軍國主義囂張。母親知道女兒同學午餐僅吃蘿蔔乾配白飯，擔心小女孩不夠營養，便把肉、青菜塞滿飯盒，着女兒分贈，達四年之久。

父母是孩子的根，根深則葉茂，青芽初露，嘉木成蔭。

二〇二二年五月

一任燈釵送冰兒

粵劇「二幫王」任冰兒享九十一歲高齡，於農曆小滿之夜夢中去世。這位伶人吐字清冽，聲線明亮，行腔瘦硬，風格近乎黃庭堅之宋詩拗句。即使位居二幫，難得歌喉富於個性，獨一無二，不止難以模仿，更讓人一聽就認得出盧山。「錯認東籬是妾家」肯定不會，以「此家之外更無家」來形容則當之無愧矣。

她是任劍輝堂妹，無師自學，追隨任姐踏上台板，人稱之為「細女姐」。在任姐極其璀璨的星光下，同一家族的小妹妹能夠接受較為遜色略微黯淡的自己，絲毫不存嫉妒，反而懂得欣賞、學習，可見敦實大方，心理素質健康。戲行似乎比其他行業更重視人脈，可是沒有人說她依賴裙帶，因為實力派經得起觀眾評審，以及任何即場考驗。且看她身段做手關目，無不工穩，成名多年且屹立不倒乃理所固然。

她也曾擔任正印，為時甚短即決定守住二幫；並非欠缺自信，而是明白到這位置於她更為適合。查撐查篤撐，鑼鼓喧天，她選擇了實而不華的角色。出入虎度門，踏遍舞台，省港澳以至「跑埠」南洋美洲，慣見變幻，她有種順乎天命的本性。在「仙鳳鳴」配襯白雪仙，在「雛鳳鳴」配搭梅雪詩，綠葉姿態一直挺立，風霜雨雪，不改冰心。二幫之難，在於拿捏身份，太突出則露才揚己，太掩抑則毫無鋒芒，唯有恰到好處，方能發揮亮麗的團隊效應。到了中年，已經功力沉厚，火候老到了。

舞台版《帝女花》演周瑞蘭，誤以為駙馬貪慕富貴棄明投清，斥道：「世顯不是琴台客，原是豪門逐臭夫。」聲線冷峻，語氣鄙夷，由她罵來，入木三分。《帝女花》主題強調愛國操節，給瑞蘭這配角渲染得更強烈。《再世紅梅記》飾演賈似道妾絳仙，親眼看見李慧娘遭亂棒打死，後來向書生憶述：「柳岸無風風自來，官宦不容人奪愛，鬼王未許另投胎。任屠任割任烹宰，毀容毀貌毀形骸。」兔死狐悲，憐慧娘亦自憐，唱來如泣如訴。《紫釵記》演浣紗，可以說是代表作。太尉門外，浣紗苦諫霍小玉切莫闖府爭夫，從立而跪，從緊拉而死抱，從力勸而狂哭，層次分明，細膩動人，把綠葉陪襯的功能發揮得淋漓盡致，真不愧為「二幫王」。

粵劇開鑼必定先演《六國大封相》，靚次伯坐車，任冰兒推車。功架完整，排場古老，是最經典最傳統最完美的示範。靚次伯早已作古，任冰兒如今長逝，更覺風流雲散，真是徒添嗟嘆。

從芳華豆蔻到年高藝碩，她對粵劇對舞台總是不離不棄，敬業樂業更專業。儘管低調謙沖，有功勞而不自居，有內涵而不炫耀，演藝界對她畢生貢獻不曾遺忘亦未忽略。二〇一二年榮獲香港藝術發展局頒授「傑出藝術貢獻獎」，讚賞不斷，掌聲盈耳，給淡泊的任冰兒帶來光彩和喜悅。

花燈夜，紫玉釵，浣紗去了，舞台為她輕輕拉上幔幕。

二〇二二年五月

且譯且教且《談心》

一張相片，一幅畫，一篇文章，倘若金華閃動，則觀者賞覽之時，不免想懷，要探問浮光耀金的背後。在瞬間按下快門的、用慧眼看個分明的、以巧手鋪排細節的，究竟是甚麼人物？雖然，作品旁邊例有簡潔扼要的作者介紹，然而簡介始終有其局限，若有側筆細說，近距描寫，那麼相片的景深不同了，畫的底色不一樣了，文章發軔點亦分明了。

吾師金聖華教授近作《談心——與林青霞一起走過的十八年》，圖文並茂，又得小說家白先勇作序，洋洋灑灑，已經分析得水銀瀉地。既然「崔顥題詩在上頭」，我這小輩未敢以讀後感來附於驥末。不過，讀者若在開卷之前、掩卷之後，讀得拙文，則這篇不正規的導讀所載的回憶，或有助體會書中感情。

那回憶，始於我的大學時代，芳醇如酒，味之猶甘，淡香沁來，餘溫尚在。

高中時初識余光中教授的詩文，其翻譯當然不會錯過。入了中大後自是躊躇滿志，一年級已打聽「翻譯概論」這科，收集情報後，即拿定主意，要選修金聖華教授的那組。幸而上課時間配合，也是緣分吧。

金教授玉人頎頎，舉止優雅，說起話來輕聲細語，是涵泳於書香而得來的氣質。她中英文造詣都極高，雙語互譯，真是手到拿來。看她教書之投入、導修討論之善誘、批改功課之認真，便知道對於教育她樂於承擔，身體力行了孔子「學而不厭，誨人不倦」的精神。明乎此，看到書本裏頭她願意把中西知識傾囊相授給青霞，便覺得學海無窮，良師化育，只待有心人去擷取。

我對翻譯雖有興趣，奈何自己出身於中文中學，根底太弱，又摸索不到學習英文的竅門，看着人家副修翻譯，不無神傷。翻譯門牆實在高不可攀。一畢業，風吹雲散，校園山水與師友情誼，彷彿都逸出了。我在崎嶇路上蹇行。直至一九九八年余光中教授七十大壽，師生才相聚於高雄，緣分再續，從此清風明月，一路相伴。

余教授及師母來港時，金教授與夫婿馮秋鑾先生常常慇懃款待，我也叨陪末席。馮先生知道我是崇基人，笑說：「我們三人可以開崇基同學會了。」馮先生承祖業經商，其內涵卻像線裝書一樣沉雅，更難得是內心充滿恩慈，一個立體的例子足可說明。有回夫妻隨團赴日，拉麵店裏即叫即煮，熱騰騰的拉麵一碗一碗從小窗口遞出。剛巧馮先生坐近小窗，他二話不說就把麵捧起，逐個送去，自己吃的是最後一碗，而年紀他是全團最老的。我這麼寫好像岔開一筆，其實不然。他們待人溫厚，處處關顧，給我很大的安全感。我性格偏於怯弱，年輕時尤其嚴重，金教授總有本事發掘出我的長處，不吝稱讚，而且一讚再讚，讓我漸漸活出自信。明乎此，自能理解青霞因何對吾師推心置腹，亦步亦趨。緣分，來得自然，因緣湊泊，又懂得珍惜，便會修得善緣。

以我的翻譯水平而自稱為門生，不無汗顏，幸而恩師不棄，才敢於在作者簡介補上一筆。有緣讀到拙文而看《談心》的，或會別有領會。橫看成嶺，側望為峰，廬山煙雨，一路風景。

二〇二二年七月

五 回眸

八十方呎內

倚南窗以寄傲，審容膝之易安。——陶潛〈歸去來辭〉

讀《紅樓夢》，最羨慕黛玉有一所鳳尾森森、龍吟細細的瀟湘館，想清風輕叩湘妃之竹，竹影搖曳，葉聲沙沙有致，蟄居於此，宛若幽人。黛玉詩情如此仙雋，大抵得瀟湘館地靈之助吧。

奈何在蜂巢式的石屎壁壘，要覓得一處可作幽棲的居停，又談何容易呢？多年來，我一直蝸居在一層陰舊的唐樓裏，那房子長而窄，像個火柴盒子，幾片木板便將之間格成四個房間，各住了一戶人家，非常忍讓地共用廚廁。當時我住在後房雙層床的上鋪，常以高凳子為桌，矮凳子為椅，在這有腳的書齋裏低頭描「上大人」。俯仰其間，不覺流年早逝，唯覺椅桌微渺，不再合用，而這老房子也着實破舊得令人憂心。

那恍似胡琴聲低低啞啞的歲月戛然而止，一紙小小的靈籤，竟把我們一家移植到一塊待墾的土壤——「居者有其屋」的中型單位。而我，竟一下子擁有八十方呎的領土，一關上門，我便是這小小國度的王，房中的一絲一縷都入了籍，成為我的子民。

家在三樓，窗外有棵大樹，高與樓齊，枝葉成蔭，雖無襲人的清芬可挹，然青葱入目，亦大愜人意了。樹大不招風，招來了成群獨具慧眼、擇善而棲的麻雀。鳥兒時而遨遊雲表，時而駐足嘉樹。陰陰夏木，鳥囀呢喃，鳥噪是世上唯一可愛的噪音。曙色乍露，群鳥已脆音娓娓，像要把我這愛書夜眠遲的夢客催醒。昨夜的星辰迷失於殘夢中，終日的勞慮交給了柔軟的被臥，只盼明早精神清朗。

房間僅八十方呎，四壁與天花板都糊了純白暗花牆紙，明亮儼如雪洞。不知多少個風晨雨夕，雪洞內孤燈煢然，燈下是埋首書卷的我。一張小床常載我雲遊太虛，夢入瑤台。「三更有夢書作枕」，偶然有夢，鬧鐘一轟，我猝然而醒，欣然面對平凡踏實的工作。床上還擺了數隻自己一針一線縫成的布娃娃，有大頭叮噹、紅鼻白兔、長耳黃狗、茸毛飛象。布娃娃或匍匐床端，或側靠床緣，小床給擠得更小，睡在床上，要轉側也不容易了。天地雖大，地無立錐者卻比比皆是，我既幸有斗室容身，則為招待布娃娃而犧牲些許餘裕，又有何妨呢？

數百冊書籍傲立書櫥，從詩經楚辭到潘琦君余光中，不成規模的書室常領我馳騁上下古今，時光就如斯流逝，無影無痕。我不忘買書，也不忙買書。不忘乃因情難自已，不忙則因憂慮有書災之日。只有逍遙的太上才能忘情物外，「情之所鍾，正在我輩」，於書又焉能漫不關情呢？

書桌上常插了數枝西施蘭，與我手栽的美人楓、長春籐比艷。而訴寸心的信札、遣衷情的小品都一一在這桌上臨盆。腦際的文思都化作肘底雲煙、紙上墨痕，好印記心路的顛簸。

至於丁方十呎的衣櫥雖是龐然得近乎霸氣，裏面卻載滿了我童年的憧憬，盛滿了珍貴的回憶：披風式的外褸使我在凜風之中依然輕灑；溫柔的圍巾或繫於頸脖，或斜搭於肩，時髦別緻；瑩白通花的「厘士」襯衫曾贏得許多讚美……

八十方呎常有雅客光臨，茉莉一壺，輕煙如縷，茶香甘醇，四壁內是冰心一片，小小天地裏迴響着友朋的快語清音。

窗外雖有綠樹婆娑，但數十呎外也有巍如太行山的巨廈橫阻，舉頭只能窺半角青天，得月更難，初時頗覺惋惜，但山既不可移，唯有視之為相看不厭的敬亭山吧。居處太矮，街外的足音人語常破窗而入，房外電視機的聲浪亦不時排闥而來，但轉念塵世本無淨土，強求清靜等如自擾，更何況大隱要隱於市呢？

我想，我的前生定是蝸牛，要與風雨茅廬結為一體。這微不足道的八十呎竟因此而成為有情天地了。我之戀戀於自己的蝸殼，難免遭人笑痴。「問余何事棲碧山」，我笑而不答，知我情衷者，恐怕只有舉頭不常見的素月。

一九八四年六月

當舖內外

魯迅在《吶喊》自序中曾言及自從家道中落後，常出入比他高一倍的質舖，送上衣服或首飾，在侮蔑裏接了錢，再到和他一樣高的藥店買藥給父親，只可惜其父仍逃不了黃泉路。魯迅一生都恨中醫，對白眼相加的朝奉，恐怕也不無恨意吧。

質舖這種地方，原來許多人不敢入。小學載我回校的褓姆車女司機，借了值錢東西給朋友典當，後來朋友給她當票，請她自己去贖，但她害怕入當舖，又知道我乖，便叫我代勞。小孩子不可拿東西去當，贖則無妨。那天她把車子停在當舖旁，看着我進出行事。朝奉也不問甚麼，總之銀貨兩訖，童叟無欺。

這是我跟當鋪的初次相逢。

到了十七八歲的時候，也像魯迅一樣，常常出入質鋪，只是我所抵押的，是時間和耐心。那時同學給我介紹補習，說那家人開當鋪，前鋪為窮人指點生路，後鋪是貨倉和住家。從此每星期有五天，我都走上窮人慣走的路，走向押與贖的循環去。朝奉一見我，半轉身吩咐一聲，即有人在裏頭咔嚓咔嚓的扳開鐵栓，右側兩重鐵門依次應聲彈開，然後砰然把我關進內鋪，一押便是兩小時。

當鋪這行業古老神秘得近乎幽昧，銅色泉貝形的標誌高懸半空，暗示此地一切以錢為上。暗綠色的高門嵌上藏煞氣的獸形銅環，高門大開，偏又加設巨幅屏風來遮攔。開章明義地營業，卻又把交易如何進行故意秘而不宣，而永遠高高在上的朝奉更難得輕露廬山。

當了這家人的補習教師，觀察的角度順勢轉移，我始得以恰好的距離探索當鋪的內情，並且以當鋪中人的眼光去觀察登門典質的眾生。這種非客非主

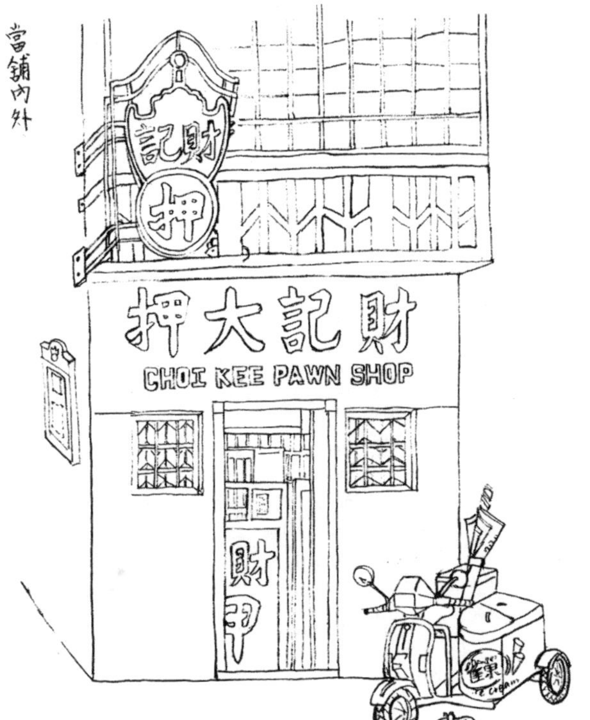
當鋪內外
財記
押
財記大押
CHOI KEE PAWN SHOP
財
押

的身份，自能把質舖上瞧下望，橫看側觀，日子一久，裏外一切已能了然於心了。

那時常聽人說，典質業已日趨式微，倒閉的字號不少，新張營業則絕少，所以初上工時，還有點為這家人擔心。豈知生意絡繹而來，押物與贖錢滾滾而進，究其原因，大概是同行減少，競爭趨弱，在無甚選擇的情況下，客源遂能集中。

朝奉即學生的父親，我初見他時有點抖顫。此人虎腰猿背，一臉橫肉，眼小唇厚，嗓門粗大，像粵語殘片裏的劊子手。可是人不可貌相，相處既久，始明白他為人頗為隨和，對我這小老師相當客氣，待伙計亦算闊綽，應付上門典質的人甚有一手。他所擬的押價大概相當公允，交易多半成功，有時人家苦苦哀求，也會發一點善心，多給一二十元。最難得在於神色和順，既不白眼橫人，亦不冷言譏諷，魯迅倘遇上他，或不覺如斯屈辱難堪。

朝奉既是把算盤打得的嗒響的市井商人，亦頗富專業知識，甚至可稱為博物鑒辨學家。舉凡珠寶玉石、衣履被褂、鐘錶電器，皆能一眼判真偽定貴賤。又得留神押物是否賊贓，更要應付警方盤問調查等，故權衡應變之能實不可少。

心理學源自西方，但論到應用，恐怕中國並不落後，當舖之設計可證之。中國人愛面子，「上當」自然丟臉，贖物亦覺無顏，屏風維護了可憐的自尊。而朝奉高踞直如把人家踹在腳底，矮了一截且手頭拮据的人，在心理術一壓下，焉能不低聲割價求押呢？

除了朝奉外，尚有兩個伙計，都是粗手大腳的中年漢子。他們常穿汗衫短袴，趿着屐，嗟嗟在內舖裏轉，屐聲多少掩蓋我補習的聲音。朝奉會把金銀玉石親自鎖入夾萬，其餘押品交伙計，伙計即用報紙裹包，以幼麻繩緊繫，貯進貨倉去。贖期為三個月，期限一過，押品便不保了。倘到期仍無力連本帶利贖回押物，折衷方法是先繳利息，再續期三月，如此拖延下去。無人贖取的押品，一如斷線的風箏，會賣給專營二手貨的商號，翻新一番，以略為低檔的姿態出售。

質舖與窮字是拆不開的，窮得要典質度日時，臉上哪有歡顏？生客登門多半面容焦灼，說話囁嚅。熟客則較懂討價還價，不再靦腆的神色看來格外可悲，似乎窮根未斷。曾有個婦人，押下金鍊，逾了期才來贖，鍊子當然轉到二手店了。她驚聞金鍊轉賣，竟半傾半倒靠在屏風嗚嗚咽咽，朝奉忙打電話想辦法，終於尋回舊物，又安慰幾句，篤定地叫她明天再來，她始撐着身子搖搖晃晃離去。金鍊是母親給的嫁妝？丈夫的訂情信物？我禁不住偷眼睨睨貨倉，猜想內裏藏了多少塵世因緣。

替當舖內三隻小猢猻王補習是樁苦差，數個月後，我決心贖回自己。比有當無贖，甚至窮得當無可當的人，我實在是太幸運了。

典質業其實是值得保留的，仰着頭等候朝奉發落，總勝於垂首向親友乞借。前者純是交易，兩不拖欠；後者涉及人情，必多煩惱。且此行相當公道溫和，絕不像高利貸那麼暴利刻毒。當舖可說是窮人的緊急血庫，即使不能起死回生，也能助之苟延殘喘下去。

質鋪縱能解燃眉之急，然而一面屏風之擋，就能擋住窮愁，擋住人間風霜雨雪了嗎？貨倉中的押品，多少因潦倒落拓而不得不捨離，又多少痛於恩義斷絕，把心一橫，索性把曾經綰繫情絲的舊物典質了事……貨倉再大，又怎能把眾生種種、世事萬千，押得緊緊呢？

一九八四年五月

窗外風景

家在三樓，窗外是一株高與樓齊的嘉樹。樹幹並不粗壯，有次颱風來襲，枝椏不勝風力，咔咔的摧折倒下，以為此樹已矣，頗感惋惜。豈料春暖初臨，殘存的枝椏又再綠葉抽芽；到了盛夏，麻雀紛紛飛來，躲在樹蔭取涼。樹影偶爾會落在松木衣櫥，輕挪款動，臥在床上靜賞，倒也怡然。吾廬並不華麗，然而人生於世，有一床一席可作安身立命之所，已算幸福。若窗外有樹，簡直錦上添花，福中有福了。

樓下常有汽車非法停泊，房屋署的職員每每出其不意，見車就鎖。有些車主伶俐，聽到鐵鍊鐺鐺，忙忙奔來，搶先一着，移開車輛，不然，汽車給五花大綁，要破鎖便得繳罰五十大元了。車主為免破鈔，當然不顧一切，衣履不整的程度是光着上身，穿着短褲，髮如亂草，神色惴惴。倘若遲來一步，四輪被鎖，必頓足咒罵；若快了半步，面上自是嘻嘻的，僥倖險勝，頻呼好彩。

有晚夜半，忽聞吵鬧人語，還夾雜幼兒嚶嚶的泣聲，往外望望，原來是一對怨偶、一雙無辜的小兒女和可憐的岳母娘。男的責備妻子私自運走兒女，女的怒叱丈夫暴力毆妻，而做岳母的則又勸又罵，奈何怎樣也調解不了。後來丈夫強搶岳母抱着的嬰兒，那母女急得狂追尖叫，從地面追上三樓平台，在平台上又扭又打，最後——最後我倒回床上睡着了，哪知家庭悲歌如何哭鬧下去？

一九八四年九月

吹口哨

中大唸書時曾寄宿於崇基華連堂，那是一幢古風雅樸的樓房，高僅三層，最角落的房間兩面有窗，日月清風，四時不絕。或許是風水有靈，我的好同學住在這房間時，蜜運也從窗兒飛進來。社工系的男朋友常在窗下等她，密約的暗號是一聲口哨，這種哨聲傳情的追求術十分有效，善吹口哨的男孩子終於贏得芳心。我一直讚賞他聰明，吹吹口哨，不是比在窗下直喊女友芳名來得浪漫而含蓄嗎？

吹口哨最宜漫不經意，吹的不費力，聽的好舒坦。哨聲是歌又不是歌，是無絲無竹而清韻天然的輕音樂。短短一聲，尾音拔起，餘音裊裊，短而不

吹口哨

促，是小令。信口吹之，不拘板眼，有譜無辭，腔圓調美，如行雲流水，是清商曲。

遇上驚才絕艷，如一個媚人的眼風，一身天衣無縫的衣飾配搭，一個流麗的姿勢，僅以眼神來讚羨仍嫌不足，何妨吹一聲口哨以示心儀。即使有點輕佻，仍不失分寸，受之者仍會欣然笑納這小令的。至於飄然而來的清商曲，總是令人精神一快。

吹口哨的本領與幽默感一樣，由男孩子專美；至於女性，往往要到做了母親，逗嬰兒小解時，才懂得吹第一聲哨語。

一九八四年九月

千千結

一方天津手織地氈，鋪在地上確是絢兮艷兮，一派富貴氣象。然而顧客在考慮買與不買時，所思量的主要是價錢，其次是尺碼、款式、色調，至於織一方地氈要花多少心力，倩誰知曉？

原來一般手織地氈，一呎裏有九十個結，換言之一平方呎裏有八千一百個結。更精巧的，是一呎有一百二十個結，一平方呎有一萬四千四百個結，結構緊密得令我吃驚。用手輕輕去按，輕輕去壓，編織時一經一緯所留下的手澤彷佛猶在，毛茸茸，暖洋洋，有說不出的溫馨。

每張地氈都各有風味，或古色古香，或富少數民族色彩，花紋在對稱中有變化，色澤鮮妍而諧美，氈上還細細修剪了凹凸紋，圖案玲瓏。千結萬結，結結堅實，結結厚密，結結用心，才結成一幅心血。一個織地氈的工人，指頭起了多少厚繭？雙目耗損多少眼力？細細密密花了多少時日，才織得成這千千結？

一九八四年十一月

包書的回憶

唸小學時，開課的第一天總是忙不過來的。學校會在那天派發新學年的書簿，一見那疊簇新乾淨的書籍，我整個心都活躍起來，總是先用手帕抹淨雙手，才小心翼翼的把書本放進墨綠色的帆布書包去。一下課，便連跑帶跳，衝往書局買包書紙。回家後，連忙於當日把新書全都包得妥當，生怕一延誤，便會摺皺或是弄髒書本。

有的同學愛用雞皮紙包書，雞皮紙的好處是廉宜，且紙身厚實，用上一年也不怕磨穿，可是那顏色可真呆滯暗啞，暮氣沉沉，單調無味。

小學教科書的封面，往往設計得醒目有趣，且能表達該科特色，雞皮紙卻掩蓋了設計。況且自然、社會、健康教育這幾本書，大小長短相若，單一化的封面最易淆亂視覺，一個不小心，便會拿錯書上學，至於後果，輕則遭老師罵幾句，重則罰抄，抄多少回要視乎老師的心情而定。為策安全，也為美感，從來不讓自己的書籍披上雞皮紙，縱然雞皮紙有種沉實的質感。

最初用的包書紙，半透明，薄如蟬翼，紙面帶點臘。這種紙包起書來，自然熨貼，書面書背的八隻角都以九十度角稜稜凸現，書緣與紙貼合得天衣無縫。可惜紙身太脆薄，沒用多時，已起滿毛毛頭，又禁不起翻捲，紙張甚至裂開一道縫、爆開一個洞。

後來改用透明的包書膠，當時市面上已有膠套面世，價錢稍貴，不過能節省包書所花的功夫，可是膠套與書的高度總有差距，衣不稱身。

然而，透明膠也有缺點，最令人苦惱者，是三數年後，塑膠受了冷縮熱脹的影響，書緣竟彎翹起來，封面連帶受累，給包書膠扯得屈曲變形。遇上這情形，唯有揮利剪，拆去舊套，重新再包。只是書本越積越多，如此又包又拆，耗時費力，連我也懷疑自己是否在庸人自擾了。

不過，弊中有利，我慣於在扉頁上題上姓名和日子，翻看舊書，倒可追尋出自己閱讀的傾向。有段時期很迷《紅樓夢》，所以一口氣購了大疊紅學書籍。又有陣兒愛翻譯，便買了不少今日世界出版的中譯名著。至於梁實秋、琦君、余光中、張愛玲、白先勇之作，一看見就買，豪氣非常。

最近，在書店裏發現了一種德國製造的包書膠，售價比平常貴三倍，但是物有所值。這種膠的表面如微波輕漾，淺凹淺凸，覆上書本，封面設計就像濾鏡拍出來似的，別有一番朦朧美。映在光裏，又像隔着磨沙玻璃來望向彼岸，水月鏡花，若真若幻。

聞說某些圖書館現在選用了一種自動黏貼的包書膠，書籍給裝潢過後，能堅挺常新，我聽後躍躍欲試，一心準備把包書的歷史帶入新紀元。

我幾乎是無書不包的，彷彿買了書而不小心包好，便對不起那本書。愛書的人不一定包書，不過，愛包書的人必然愛書。我亦喜歡從包書去分析人的性格，或不修邊幅，或崇尚唯美，或講求實際，多少能從包書這件小事上表露出來。

買了的書，我雖然包得漂亮整齊，可惜，包了的書，卻不一定仔細去讀。不少書本給裝幀後，便擱入冷宮，封了塵，還呆立在書架不起眼的地方。忙着包書而無暇看書，實在反諷得可笑。

一九八五年一月

旗袍

裁剪旗袍，實在考功夫，裁縫要藝高膽大得像表演飛刀美人一樣，一口利剪彷彿沿着胴體的弧線，以間不容髮的距離輕輕擦過。刀口伶俐輕敏，是以曲線或緩或陡，或微彎或稍直，刀鋒過處，都能順滑如沙鷗掠水。

原來裁縫量度身材，不用軟尺，而用一根繩子。據說最理想的旗袍，是穿上身時，寬一分嫌寬，緊一分嫌緊，合度得近乎毫釐不誤，布料與體形貼合得天衣無縫，方稱得上稱身。可是，穿上這種旗袍後，女性的曲線之起伏高低，一覽無遺，把身材如此肆無忌憚的凸現出來，看得男士心猿意馬，神經緊張。

穿了旗袍，不能自謙，亦不能藏拙，種種細節，尤其重要。衣領小扣不能丟，裙衩不可露出襯裙，花鈕不可以鬆，穿起來要步步為營，一舞腰一揚手都擔心線口會爆，嚴苛得像作律詩，實在太累人了。

略為寬鬆的長衫倒是中庸得合理，處處稍寬，不但不會衣不稱身，反增加流動美。更何況體態若隱若現，朦朧如薄霧迷山，更能動人遐想。

肩若削成、腰如束素的美人，穿上旗袍，固是婉約輕倩；體態豐腴的，只要行止嫻雅，穿上旗袍，也有另番風韻。

穿上旗袍已經嫵媚婉約，若不意間「最是那一低頭的溫柔」，那一瞬呀，最動人心魄。

一九八五年一月

後記：吾友黃惠霞（Amy Wong）是旗袍設計專家，早已揚名，她有一篇文章〈香港女性與旗袍〉，分析入微，有興趣的讀者不妨一看。（www.amyc.com.hk/post/ 香港女性與旗袍）

俗緣

我總共才見過他三四次，所以驟然聽到他的死訊，說真的，我有七分驚愕，而傷感不過是淡淡的。

他原本是神父，思想和作為都先進得帶點激進，後來不知怎的，還了俗，娶了妻。

初次見他，不大相信他是神父，因為他穿得實在邋遢，舊棉毛衫又黑又黃，腰間的幼皮帶像一環呼拉圈，不上不下的把他的大肚皮箍住。他穿的短褲也真太短，兩樁毛茸茸的象腿有點嚇人，還有，他連襪子也不穿，只趿着涼鞋，一踢一踢的已跑到老遠。

他每次出現，都像挾着一陣熱風而來，我常懷疑他腳下踩着風火輪，不然怎能行動急烈如火車頭衝來面前呢？他的膚色黝黑得不像中國人，臉上油油有光，雙目尤其灼灼有神，說起話來，老是上一句還沒說完，就急於要把下一句吐出來。他最令人難忘的，是那股旺盛的生命力，他每一個細胞都興奮活躍，不能止息。

有一次，我到清水灣道參加教會的生活營，他剛巧是神師。舉行彌撒時，他突然把那杯聖血遞給我，示意要我捧住，但我那時還未領洗，又不熟習彌撒禮儀，一時間不敢伸手去接，生怕出了差錯，破壞了禮儀，所以只眼睜睜望着他，緊張得不知所措。

他見我傻呼呼的，竟連捧一捧杯子也不會，大惱起來，瞪直銅鈴眼，毛躁地低聲喝道：「拿穩！」我給他一唬，連忙彈出雙手來。事後朋友告訴我，我當時給唬得全身震了一震，捧着杯子時，雙手抖得像觸電。

此後再沒遇過他了，聽說他本來可以活過來的，只要兄弟姐妹願意捐出一個腎。可是，親如骨肉手足也不原諒他還俗，莫談捐腎這麼偉大了，結果他中尿毒而死。原先黑得閃亮的皮膚，變成鉛黑。那身厚墩墩的肌肉盡給病魔剮去，只剩一把骨頭，和那雙曾經灼灼如焰的眼睛。

人終究是要一死的，不過壯年而逝，委實可惜。獨身的人，可以赤條條來去無牽掛，有了家累，就死也死得不安心。從僧而俗，再而成家立室，在塵世裏多結一段俗緣，偏又遽然辭世，其間千迴百轉，不知經歷了多少掙扎。可是，掙扎得那麼吃力，還是輸了，輸給命運。

想起他把聖杯塞給我，我惶恐不敢接；想起他的生命力和爆炸力……我深深吁一口氣。

一九八五年二月

超級大猩猩

我家對面有一幅空地，上星期六見幾個年輕小伙子搬來大批家生。他們先用紅色鐵馬圍了大圓圈，又在地上鋪上綠色圓形大膠布，再拖來一綑五顏六色的塑膠布，解開、拉平、扯直，然後「泵氣」，塑膠布漸脹漸大，竟是一隻大猩猩。猩猩魁梧，高度在二樓與三樓間，龐然得叫人張大了嘴，樣子卻煞是可愛。

類似東西在海洋公園也有，不過那是一條恐龍，沒這猩猩那般可愛。猩猩的T恤上印了Circus，雙手垂下來，像要擁抱孩子。肚臍裏有洞，孩子就在這肚臍眼鑽出鑽入，滾進肚皮，亂翻筋斗。肚皮內波濤起伏，孩子老是站不穩，跌下來又給氣墊膠托住，跌不痛，自然玩得忘形。

不知是甚麼人想出這好玩主意，孩子開心，他們也賺得不少，讓孩子進出跳三分鐘要收費三元，不便宜哩。日色漸暮，便把猩猩放氣，縮呀縮，孩子見這寶貝漸小漸凹，心裏不捨，便走上前，拍拍猩猩，來一個告別的姿勢。拍拍猩猩又何妨呢？管理員竟狠狠喝退，孩子嚇得連忙把手抽回。

世上不少這類人，只會賺孩子的錢而不對孩子仁慈一點。

一九八五年四月

工廠歲月

唸小學時，母親和親朋談起家事，常指着我說：「等佢小學畢業就推佢去工廠車衣，幫輕吓大佬。」姑婆聽了一定回敬道：「佢係讀書材料。」有個親戚開了一間山寨工廠，生產內衣褲，暑假時，我偷偷摸摸在那裏做童工，萬一勞工署來調查，便躲到廁所去，因為我只得十一歲。

工種是剪線頭，把軋骨、車衣留下的線頭剪去，要剪得乾淨利落，手腳勤快便能掙錢，實在不算辛苦。聽聽收音機眾音齊發，跟工友談談笑笑，一天便過去了。由於工錢以每打計算，利益衝突不多，所以人事簡單，又毋須看老闆臉色，接近自耕而食自織而衣的境界。

工廠歲月

不過，有次一根車針扎入了車衣女工的拇指裏，她痛得眼淚直流，幾乎昏倒，呼十字車送往急診室才能把車針拔出來。此後，我不敢再碰電衣車，唯恐指頭給車針插穿。

升中試派五年津貼學位，五年間我一直替低年級學生補習數學，掙到一點錢，可以半自供自給，哥哥也暗中幫幫忙。不用攤開手掌問零用錢，母親的怨言也少了一些。

小學之後讀中學，中學之後讀大學，沒有小學畢業就立刻到工廠車衣，不能如母親期望。然而大學獎助學金不少，除了學費宿費生活費外，省吃儉用，居然尚有餘力可以養家。

每次看見其他女孩嬌貴地唸書，不免苦澀，然而又提醒自己莫再苦澀，畢竟各有各的命運。

一九八五年四月

最怕夏日長

「佳木秀而繁陰」，窗外綠樹雖然婆娑搖曳，可是招惹夏蚊，蚊兒午夜敲窗，有時連電子蚊片也非其敵手。我五尺之軀便成為饕餮的餐桌，臂肘腿腰間斑痕紅腫，是盛筵後遺下的狼藉。

冬日進補所滋潤出來的脂肪，在火毒的太陽煎熬下，竟揮發得無蹤無跡。沒有圍巾和厚大衣的遮擋，說我瘦骨嶙峋的人又漸漸的多起來。更何況每逢三伏天，我總要勤於向醫生奉獻診金。

冬天再冷，暖爐和絲棉被總可化解寒氣。到了夏天，電風扇會把頭頂吹得發暈，況且搧來搧去也不過是熱風。冷氣當然舒服，可是驟然離開冷氣，濕度改變，皮膚會立刻黏答起來，說不定還會打幾個噴嚏，然後感冒。

還有，夏天的衣服多半是絲棉麻，非常易皺，幾乎隔兩天就要挪出熨衣板和熨斗，事後收拾一番，已經花了半晚了。每在正午過後，驕陽必曬進我房間向西南的窗子，一垂下帘子，我便跌進「夏日炎炎正好眠」的咒語裏，連一壁書櫃，在日影下也懶洋洋起來。

一九八五年五月

名人情人

偶爾讀報，瞥見一篇名人專訪，仔細讀了，並不是那位人物有何吸引之處，只因為我中學的音樂老師地老天荒地等待情人。

聽說當年他們在教會團契相識，到談婚論嫁時，她母親用一句話來回絕：「你又冇樓，點娶我個女呀？」準新郎一怒而去，受辱後益自發憤，終成社福界名人。他也獨身未娶，根據粵語長片的方程式，這對痴男怨女終能重逢，為母的向未來女婿懺悔一番，於是紅地毯上又多了一對交換指環的璧人。我當然希望有這個美滿結局。

怎知這名人接受訪問時，談起了舊情人，竟然不是老師。莫不是他刻意略去那段令他難堪過的舊情，但舊情人對他刻骨難忘，守身相待，他心裏雪亮的。莫不是舊情人太多，在訪問裏，隨便說一個搪塞記者算了。

真是豈有此理！我很為老師不值，十多年的痴情，在他眼中竟然微末得不值一提，但轉念又覺自己太傻，愛情有所謂公平這回事的嗎？不知老師讀到這篇報道沒有？她看見，會傷心；不看見，又不死心。我該希望她看到，還是希望她看不到呢？

一九八五年六月

古董手錶

「有兩件零件要換，還要抹油，加上換錶面，一共一百五十元。那麼，修不修呢？」櫃台上鑲了一面合成纖維造的透明屏隔，修理員從小窗口裏遞出手錶，我接住，沉吟良久，終於說：「好吧。」

這隻錶是七年前用四百元買下的，款式很古典，纖幼型，但是外柔內剛，像古往今來吃得苦的女性。且看她慇懃照拂了我二千五百個日子，朝朝夕夕，提點我莫把時光誤，催我上路工作，催我上床休息，都是這錶。

有陽光的日子，更覺與錶合成一體，脫下錶時，腕上留下錶痕，四周都曬黑了，獨有半寸白皙。

俯耳在錶上，嘀嗒嘀嗒，是簷前滴水，是細沙穿過漏斗的頸嘴。嘀嗒嘀嗒，是水晶牢裏困了推磨的工人，啊，都不是，是我的心音，敲碎了無邊的寂寞。

那幼長金屬錶帶，善感而關切，像一根靈敏的觸鬚，輕輕搭在脈搏，在探聽，一椿，還是兩椿心事？

「所謂古董……大概背後有一個細心的女人，很固執的一直愛惜它，愛惜它，後來就變成古董了。」一席慕蓉如此感性而又理性的分析。這錶也有這份造化嗎？我不曉得，但願我死後，七年又七年，這錶還能照拂人間，如當年照拂我一般體貼。

一九八五年七月

行李箱

行李箱是用來載一應用品，還是用來載離愁別恨的呢？

夫妻反目，琴瑟碎成一地覆水時，總有一方抽出行李箱，胡亂塞些衣物，啪啪合上鎖，憤然離家。前情早成逝影，婚姻生活所留下的紀念，僅是一隻行李箱。

行李箱象徵了難堪的完結，同時，也預告着茫茫的未來。

私奔的黑夜，行李箱是最低限度的道具，若不然，兩手空空，孑然一身，能跑得多遠呢？拎着行李箱，沉甸甸的雖很吃力，然而重量也增加安全且實質的感覺。

就是走得累了，想歇歇腳，可以坐在行李箱上，權充臨時椅子。行李箱是一點微弱的依恃和憑藉。

人在蒼茫、陌生的地域陌生的人群中做陌生的來客，長伴身旁如良友者，是一隻無聲的行李箱，裏面載了太多的回憶、太重的理想。

別離是一隻行李箱，重逢亦是一隻行李箱，人世的悲歡聚散，都盡在行李箱內翻騰。

一九八五年七月

行李箱

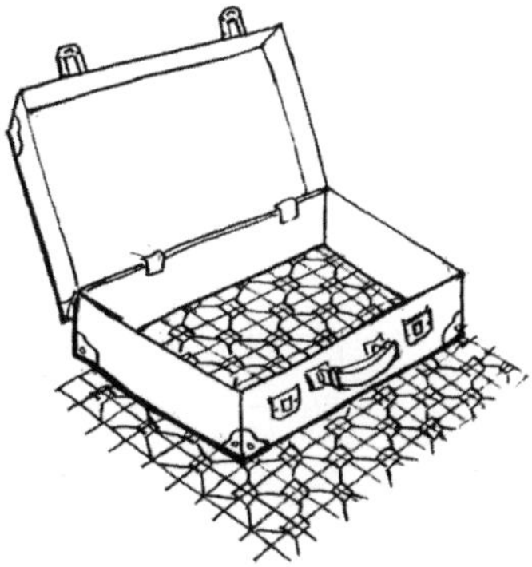

單車場

住在居屋，家園對面，原先有一方空地，堆滿爛泥碎礫，荒蕪了許多歲月。空地只有幾株木棉，猶兀兀朝天上拔，堅持若有所待不甘冷落的神氣。聞說政府擬在此興建小學，計劃不知怎的難產了，合該童音盈耳書聲鏗揚的學堂，竟沉寂如同廢墟，地不能盡其利，教人好生惋惜。

良久良久，終於見鮮黃色的鏟土機軋軋價響，張開鋸齒戟戟的鯊魚嘴，下唇一捲就把沙泥一口一口吞去，然後搬來無數混凝土，創世紀般的工程即展開，一個多月的開天闢地後，新貌代替舊觀，單車場流線型的匠心設計，創新而別緻，令人眼界大開。至於此地曾經齷齪的前身、荒蕪的光景，都逐漸從記憶淡出了。

別小覷這單車場，它落成之日，除了吸引無數磨拳擦掌的少年騎士外，兩家電視台亦爭相報道，原來這是全港唯一合符國際標準的單車場。

香港地狹車多，自行車實難在通衢大道與甲堅輪巨的轎車爭鋒，騎士氣短之餘，唯有移師郊野。郊野風光縱好，騎士也難盡所長，因為要表演難度高的花式，炫耀驃悍中不失瀟灑的動作，非有單車場不能展其雄姿。

這片騎士的樂土，遙看如白色的沙丘，乃由混凝土堆垛而成。高不過二十呎，然而起伏迂迴，連綿曲折，忽而急彎，忽而陡坡。騎士若想仿效龍城飛將，得踏足馬力，方能攀山越嶺，飛度丘壑。繞山頭一匝，臨風呼嘯，亂髮飛揚，真是洋洋乎樂不可支。下山的旅程比上山艱難，要把穩方向盤，兩圈車輪始能滾滑梯般溜下峽谷，馭術未精的，最易在急衝直下的一剎那失卻重心，車傾人翻，呼痛荷荷。要是厭了山間躑躅，場內亦另有洞天，就在峽谷深處是一通窄窄的隧道，騎士大可潛入地洞，穿幽入仄，探秘一番，才重見天日。一出山洞，康莊大道已在相迎，由窄入寬，豁然開朗，在平地上馳騁分外不羈。高手可以連方向盤也不拿，揚起雙臂，作擁抱未來的姿勢，揚長而去，只留下風聲嗖嗖，曳在車輪的背後。

上述的動作不易為，可是更驚險的花式還在後頭。場的右側有兩座木造的台，一高而寬，一矮而窄，相向而立。低台高僅三呎，呈三十度角，乍看不過是平平無奇的斜板，內裏則大有文章。木板比混凝土光滑，與輪胎的摩擦小，自行車毫不費力就能飛馳而上，騎士就利用這點特性，在斜板上練習凌空翻滾的絕技。前衝上斜板，卻不依拋物線的方向順勢躍下，反而易順為逆，把方向盤急扭向左，車身隨之一轉成一百八十度角，落回斜板，完成了一次倒V形的旅程。

能在低台往復自如之後，騎士就像跨欄手，向着高台進發。高台有八呎高，造型可不簡單，是把木板拗屈成凹弧形。這設計顯然是運用了物理學原理，讓自行車能一衝上去就挾着餘力，於空中翻一個筋斗才滾下來。

騎士向高台挑戰時，要一鼓作氣，以最勁的速度，衝——衝——衝，目標在望，整個世界都攔不住擋不了車疾如箭，旁人來不及驚呼，車身已飛上高台，再往天空騰高兩呎，在半空急拐一圈，這一招真是「無中生有」、「憑空作態」，且力道之猛、幻變之迅，比起蒼鷹颼然迴首翻騰，也不遑多讓。人和車在這一霎間竟能把地心吸力拋離，旁觀者目睹花式，即使心臟正常，也會緊張得呼吸暫停。待輪踏實地，履驚踏險，兩輪滑雪橇般就瀉下來，騎士與觀者都經歷了壯美的一刻。騎士有英雄式的自滿，有突破的快感；觀者也有忘不了的痛快視覺經驗，恨不得自己也登上輕騎。一動一靜，在單車場內外，皆成風景。

就憑一輛自行車、一顆年輕的雄心，就敢於在高空中與地心吸力拔河，所以，年輕啊年輕！

一九八五年八月

薑花密約

把薑花插在亮透透的花瓶時，才驚見花梗上之綠萼最頂尖那兒已泛黃，還有兩隻螞蟻在花間鑽鑽出出。

我靠在床背看書，倦了，就轉過頭來，瞧瞧那枝薑花，見有幾朵花蕾已冒出頭來。從萌芽而含英，這株花要經過多少奮鬥才出落得如此婷婷？就只差尚未吐蕊含薰而已，可是就差那麼一點點，這衝刺的一點點餘勇，能衝得過去就是臨風而綻的嬌花，反之便是未開先萎抱恨而終的殘花了。我像跑道外有心無力的啦啦隊，時不時掉過頭來，靜觀花萼的變化，默默為之打氣。

花在醞釀，我在期待，終於，有一朵花蕾盈盈綻開，最外層淡黃色的薄衣漸褪漸落，幾尖瓣兒與一脈花蕊，如月色初露，而花梗已黃，益見花瓣之白。

每一瓣花都開得那麼盡責，每一縷香都香得如此馥郁，一朵謝了，又有另一朵爭來接棒。這支花共有九個花蕾，每朵都依約而來，守約而芳，在清清如許的瓶水裏，把無聲的諾言一一實現了。

一九八五年八月

菲傭所無的

我天天隨着載小學生的褓姆車回校教書，已有好幾年了，晨復一晨地觀察，看出一點微妙來。年紀較幼的，多半有大人陪同候車。那些大人的神氣和態度，實在叫人心暖。

若那是母親、祖母、外婆，一定會一隻手拿着孩子的書包和水壺，另一隻手呢，不是搭着孩子的肩，就是拖着孩子的手。車來了，她就忙忙先扶孩子上車，再遞上書包，一面叮嚀孩子要坐穩，一面又頻頻向司機說「早晨」、「謝謝」等語，要跟司機打好交道。待司機用力一踩油門，她已在含笑揮手，直至車塵已遠。倘若那天褓姆車來得稍遲，她就不停看錶，滿臉焦急。萬一登了車才發覺遺漏了體育衣褲，必然央求司機多等幾分鐘，自己則連奔帶跑張羅去……

若那是菲傭嘛，盡責些的會把書包放在地上，用兩腿夾着書包；有些則索性叉起雙手東張西望，任孩子到處跑。車來了，冷冷然動也不動，目送孩子上車就了事，甚至車門還沒關好，已一溜煙跑開了。倘若汽車遲到，她除了一臉不耐煩外，還會狠狠盯司機一眼。要是那天風緊雨急，她那黝黑的臉便更黑三分了……

這樣比較，不是責難菲傭無情，也不是批評那些不陪孩子候車的家長有欠細心。相反，從這些細微的小節裏，更可見出血濃於水的親情，是如何水銀瀉地地傾流。

一九八五年九月

盤上算　珠上聲

十多年前的香港，不論茶樓、金鋪、雜貨鋪等，必見那些錙銖精明的生意人，右手執筆，左手打算盤，或在報價，或在記賬。那算盤上的珠子，咔咔的在幼長桿子間跳動，忽上忽下，忽向右升，忽從左降，兔起鶻落。框中佈局如陣，陣勢刻刻幻轉，詭變如奇門遁甲之術，看得旁觀者迷。然而當局者卻穩操智珠，五指閑揮，珠搖聲動，片刻已能把一斤冰糖斤半紅棗四兩髮菜兩罐豆豉鯪魚等瑣碎賬目算得仙毫不差了。

高手左右手俱能珠間走逐，看得人眼花繚亂。那珠珠互擊之聲，急急切切，噪噪雜雜，鬨鬨然，非常中國式的熱鬧。那珠聲響脆而聒耳，聲聲都狠而精刮，聲聲都與金銀財貨牽纏糾結。往往討價還價時，珠上有聲，是表示尚可商量，有進退迴環餘地。若珠上無聲，便是各執一價，僵持不下了，所以，有聲還是勝於無聲。

算盤用多了，流水賬如波濤湧動於珠間，珠子沾了人氣，自然油澤起來，亮亮溜溜，打動起來格外順手，練達中見油滑，算盤遂人格化起來。而弄珠人哩，也許已心中有一盤數，也是細密如珠，用擬物法來說，他們該是日漸「算盤化」吧。

一九八五年九月

家貧出孝子

早上九時還不到，診所平常是悄然的，今天推門進去時，卻吃了一驚，候診室變成戰場了。

幾張皺了的報紙翻飛地上，兩個八九歲大的男童像在打擂台，一會兒滾在地上作獅子接繡球狀，忽而跳上梳化椅，張開雙臂，以蝙蝠俠的威風凌空而下。再過一會兒，你出一拳，我飛一腿，十足李小龍的功夫片，如此頑童，實在鬼見愁。他們一派生龍活虎、百毒不侵的樣子，還來診所幹啥？護士小姐怎麼不勸止呢？

一會兒後，有個面色發青的婦人從診症室步出來，倒在凳上，微微喘氣，頑童居然休戰。一個走上前，一手搭着女人的臂，一手扶着她的肩，問：「媽媽，怎麼啦？頭暈呀？」女人點頭，沒作聲，想是氣力不夠。另一個頑童搶着勸媽媽不要再深夜車衣了。

兩分鐘後，他們又回復常態，再廝殺起來。女人識趣，怕吵着其他病人，取了藥即勉力離開，一個頑童推門，另一扶着她的手肘，三人的背影漸漸消失於茶色玻璃外。

收斂頑皮，散發孝心。家貧是淬火，淬煉出孝子。

一九八五年十一月

家貧
出孝子
10

夜上太古樓

那夜我重回中大，待邵逸夫堂曲終人散，已是九時有餘，我不能晏睡，原應趕回市區，只是心有所牽，故堅持去太古樓看看。

聽說太古樓在去年才落成，乃中文系與經濟系合用之辦公室，位於大學本部，其外貌平平，唯是此地曾留下詩人余光中的足印與翰墨，憑此已足以讓太古樓成為文學史上的一個名詞了。

「我的辦公室在太古樓，靜寂亦如太古，這一室清福實在修來不易。」（〈三間書房〉）一室清福，如今已變成一室岑寂了。電梯把我載上樓之絕頂，而詩人的辦公室，又在絕頂的盡頭。門上的名牌已留空，詩人的空缺，誰可替代呢？我踮起腳跟，想瞄瞄內裏的光景，可是一張雞皮紙，竟把小窗封了，甚麼都看不見。扭扭門環，金屬卻用冷硬的態度來拒絕叩門。我仍不甘心，走前幾步，往走廊盡頭的兩扇窗遠眺，縱然明知這個方位，不可能看到「半路外去大埔道的斜坡道上交輪錯轂爭駛着小轎車和偉長的貨櫃車，辛苦奔走着多少長安道上的山客」。

我頽然而歸，不敢再嚷着要驅車去第六苑了，只怕一抬頭，就見到二樓已人去樓空燈火闇然。怎料車一拐出中大校門，米色桂冠轎車卻與我打個照面。詩人有篇散文〈秦瓊賣馬〉，以秦瓊愛馬偏不得不賣馬，來自況賣車心情。如今眼前突兀見此車，車牌依舊，掌着方向盤的已不是詩人矣。上天巧作安排，奇妙地配置了一瞬，讓汽車與我這稀客相逢。其實，能夠與詩人相逢，也許亦是上天奇妙的配置，為了成就一段師生緣分。

一九八五年十一月

後記：余光中教授在高雄看到這篇文章，給我來信，信中對舊地依依眷眷。

余光中教授與作者於大會堂
（一九七九年）

小白兔

在公園漫步時，見兩隻小白兔在淺草處低頭吃草，兩三步外有幾個小童瞇着笑眼在追逐兔影。微風乍起，草叢起了一陣小小騷動，白兔仍自顧自緩尋芳草，小女孩的花裙鼓了風，圓圓張起如降落傘，好一幅天趣爛漫的油畫。

走近望去，見黃色塑膠疏孔有蓋的大盒置於一角，想這就是白兔平日棲身之所。能回歸自然，在草也青青的泥土上蹦跳，大概是主人一時雅興，給白兔放假吧。原來白兔吃草時，先用牙齒把草條折斷，再送往嘴裏嚼去。白兔輕靈慧黠，就是食相也格外可愛，細細的嚼，如餐仙草。吃不了一會兒，搔搔腮就跳開了。若跑得太遠，小女孩會走過去，執起兔的兩耳，將之提起，帶回原處，兔兒也不掙扎。小女孩有時會抱起它，白兔很乖巧就偎向主人懷裏，像嬰兒。

這麼可愛的小動物卻仍常遭人毒手，兔毛可穿，兔肉可餐，溫馴的外表縱能予人好感，卻依然擺脫不了厄運。

中學做生物實驗時要解剖白兔，先用歌羅芳將之迷暈，沿腹部的中線一刀割去，兔皮下是一層半透明的腹膜，隔着腹膜猶見內臟或跳動或蠕動，再剟開腹膜，怎知道這組上之兔是未來的媽媽，肚裏已孕了成形的小白兔。天啊！我們這一組女生，震慄於生命遭逢橫逆，良久良久都愀然不樂。

一九八五年八月

多睡一會兒

哎，鬧鐘響了，響得轟天震地，沒奈何，唯有一骨碌跳起來，制止鬧鐘再放肆，跌回床上，扯高棉被再睡，唔，被窩好暖。不過六時五十分罷了，還可以多睡一會的。

六時五十五分了，我瞟瞟那惡形惡相的鬧鐘，褓姆車司機通常要在七時十二三分才來接我的，多睡一會兒，大概能趕得及的。反正衣服鞋襪都在昨晚預備妥當，待會兒，只要手腳快一點，準不致遲到的。

六時五十八分了，唔，我還是好睏，不如多睡兩分鐘吧，我把棉被摟得更緊。外頭這麼冷，還下雨哩，怎能狠得下心，一腳就把軟枕暖被踢開呢，啊，不能不能。別說甚麼「天將降大任於斯人，必先勞其筋骨」……都是鬼話，騙人的，能睡是福，多睡多福。

七時一分了，再不起床就遲到定了，唉，我咬緊牙，呻吟半聲，推被，跳下床。

七時十五分奔往樓下，唉，車呢？莫不是司機比我還遲……七時二十五分了，司機大概等得很不耐煩，捨我而去了。他也忒無情，怎麼不等我一會兒呢？

我硬着頭皮，似乎很豪闊的揚揚手，跳上計程車。咪錶真可恨，竟跳得比我的心還要快。五元七……八元五……十三元四，到了到了，我掏出車資，不瀟灑地以金錢來換幾分鐘懶覺，怎能不心虛、心痛？可是，明早鬧鐘再響的一剎那，我肯乖乖的應聲而起嗎？

一九八六年二月

燉奶

中國烹調術的「燉」，實在是非常細緻非常溫柔的狀態。

文火悠悠然藍藍然地發出光和熱，水蒸氣騰騰裊裊上升，煙氣於半空糾結、消散，燉品如煉鼎之丹，氤氤氳氳，恍兮惚兮地吸盡日月精華，然後呵出陣陣幽香，來誘惑鼎外的饞嘴。

燉與炒是截然不同的，炒在高溫中進行，快炒快熟，急功易就，考手藝而不考耐心。燉哩，卻是慢條斯理，緩遲而不消極，施施然的熬你的耐性。若以之來喻人的情性，則炒是利落剛猛；燉，則委婉長情。

每一盅燉品，都是昇華了的甘露、濃縮了的情意。

燉品的種類多不勝數，我有點偏愛燉奶。

鮮奶與蛋白，皆似葷非葷、似素非素，將之摻在一起，加糖燉之，即成燉奶。燉奶兼得素與葷之長，白如羊脂，潤而不油，甜而不膩。乳齒不齊的娃娃，齒牙搖落的老人家，皆能啖之咽之，可謂老少咸宜。

理想的燉奶，是剛剛熟，用手搖一搖，那盅奶便會輕輕的顫、微微的漾，如少女的芳心。

奶要白、滑、嫩，才算上品，有蜂窩般的氣泡便是廚藝不精了。

且淺淺嚐一口，但覺溫溫滑滑、輕輕甜甜，五臟也酥了。

一九八六年二月

舞台化裝

「先用象牙白，然後啡紅，再加一點點黑，勻好，從外而內往臉上抹去，給射燈一照，這顏色看來便自然得像常人的臉色了……」講者說了一大番舞台化裝技巧後，便笑說：「誰肯把臉孔借給我？」台下聽眾都笑，推讓一番，終於有一位小姐肯上台權充模特兒。

講者以鼻尖為界，把她的臉分成左右兩半，右臉紅顏，左臉鬚眉。塗塗抹抹後，右臉紅艷艷活脫脫是舞台上風華正茂的美人，左臉卻是俊朗神氣的少年，兩半不同的臉併在一起，給視覺一種奇異的感覺。

突然台下有人問：「怎樣化老角呢？」講者還未回答，那小姐已不安起來，左右臉都同時做出拒絕老化的神情，講者會意，卻說：「請妳犧牲一下好了。」

她偏偏頭，作勢要避，卻坐定下來，無可奈何地笑，也偶爾翻翻眼皮表示委屈。老化的程序濃縮於幾分鐘裏，右臉倏然已是頹顏的老婦，左臉亦變成衰容的小老頭了。青春不住，朱顏辭鏡，幾十年的滄桑竟在彈指間暗度。

講者妙手成「老」，座中不禁發出陣陣笑聲，甚至示範小姐見了，也不禁噗嗤一聲對鏡笑起來。化裝術做成的假象，人人看了都笑，驚嘆化裝之奇而笑，然而真實的衰老，緩慢而風霜重重的那種，可以輕鬆付之一笑嗎？

一九八六年三月

處處聞啼鳥

我住的地方不過是平民區，並不是甚麼理想居停，可取者，僅是交通便利與樹木較多而已。

這原是兵營的舊址，遍植了成蔭的嘉樹。一排排狹長而尖的濃葉攏在一起，如綠傘輕輕招展，是台灣相思。台灣相思之外，是簇簇秀拔的翠竹，迎風窸窸窣窣的飄起瀟湘意。翠竹之外，是枝幹叉叉戟戟，要把長空割裂的木棉。如碧霧般濃濃鬱鬱的細葉榕，垂下婆娑的氣根，氣根離地，隨風依依。還有數十株小影樹，教人朝夕期待着那鍛雲成錟的花季。

樹，邀來無數窈窕的鳥雀，蹁兮躚兮的樹過樹、枝過枝，把天空飛成無軌的路，留一星黑影在雲端裏。

有時我夜半醒來，看看鐘，不過五時半，而朝暾漸漸東來，透過垂簾，溶入室內。而此際鳥聲悠悠響起，自高枝低椏呢喃呢喃地啼囀，忽高忽低若遠若近的隨風而至，宛如天籟，不，確是天籟。

這時，我常不肯就睡，寧聽雀鳥忘憂且自由地清歌。可惜，八九時後，人籟喧起，鳥噪便給壓下來，要細細耐心聆聽，才聽見啼聲隱約。難道鳥兒也給廢氣車煙嗆住，無力引吭了麼？

有時天下大雨，就連半聲鳥囀也不聞，這時我最憂心，不知鳥棲於何處？在簷下？在冷氣機頂？在密葉間，任篩灑而下的雨水直淋？

窗外忽有數聲鳥噪，天正放晴哩！

一九八六年四月

大帽山下

車子不知怎樣左彎右拐，就駛往了登大帽山的路上，初時路面還可供雙線行車，後來路面漸漸狹隘，前進時，要不停響喇叭，不然對頭車一上一下道左相逢，其中一方只好狼狽後退。這般此退彼進，八輪窘困一番，直至駛往避車處，才能結束這段不美麗的邂逅。

上山的路很陡斜，馬力不足的汽車走起來格外氣咻咻。沿路多彎而險急，山神像有意為難司機，不，是造就機會，讓驅策四輪的勇士能逞逞能耐，表演一手飛度關山的驃悍功夫來。

山下是三十二度高溫，是教人心躁氣盛的人煙和噪音。山巔呢，卻是另一番光景：明明是烈日當頭，竟無半點酷熱難消的感覺，更何況清風徐來，習習拂人，裙裾飄然，塵心暫息，人也宛在雲端。

從山巔下望，不見人間，但見無盡頭的綠草，綿延到無盡處，一坡一坡含笑的草，一幅一幅舒展的雲，我悠然其中。

車子沿着環環復復的山路逶迤而下，山巔的風貌亦隨着清風遠去，迴首上望，不覺依依。

大帽山，已立在那兒不知億兆年了，而我卻久久不去回應山的呼喚，直至方才始驚詫於山的偉岸。而山，哎，在嘲笑我的後知後覺嗎？

一九八六年八月

流鶯

那是一間三流戲院，晚上九時半的尾場電影早已開始，然而戲院附近，仍疏疏落落的立着幾個女人。她們也不怎麼搔首弄姿，不過是左瞟右望，看看有沒有單身且有意的男子經過，然後眉目傳情，招攬一場肉體交易。

靠出賣色相為生的，並不一定有甚麼姿色，像那個倚在交通標誌下的女人，恐怕已四十出頭了，也不穿艷色衣服，不過是一套淺藍色衫褲，她左手叉腰，右手摸着自己的大腿，頭髮亂蓬蓬的，大概是懶得梳理。有個形容猥瑣涎着臉的男子趨前與她搭訕，只談了幾句，想是價錢不合，即走開了，她把臉掉過另一方向，仍繼續搜尋獵物。年紀大了，仍操貨腰為業，背後定必有一段故事吧。

戲院斜對面有間麻雀耍樂公司，兩個較為年輕的女人大剌剌的盤據門外，洩露出職業秘密的，是舉手投足間的風塵味。慾海浮沉，久而久之，總會留下風月痕跡。

附近亮起不少「純粹租房」的霓虹招牌，射出來的光線很扎眼，然而這些夜夜都朝這種霓虹燈光走去的女人，她們的生命，還會再有光嗎？夜已深，前面是無窮盡的暗夜。

一九八六年八月

香雲紗

假日空閑，偶爾到「中藝」逛逛，在任平平設計的時裝系列中，赫然見到一種似曾相識的衣料，說不出衣料的名稱來，後來才知是香雲紗。

香雲紗黑得閃亮，翻看底面，卻是泥色的，質地很挺很薄，略硬，觸手生涼，滑溜溜的恍如琉璃面。許多許多年前，香港上了年紀的婦女，在酷熱的炎夏，幾乎全都穿上這種香雲紗。

老婦人的大襟上衣，襟腋間是一排手縫的鈕扣，還有寬寬鬆鬆的長褲，給橡筋線或褲頭帶繫着。熱風一來，褲管吃滿了風，鼓脹脹的，撩起泥紅的一角。無風的時候，老婦人常常輕搖葵扇，搧着搧着，衣角隨風起伏。

姑婆與作者攝於影樓
（六十年代）

年幼的我，與香雲紗有幾載之緣。不知是哪個老婆婆裁衣時剩下碎料，姑婆撿了來給我縫製了一個小小的枕套，每逢炎夏，即取出來讓我枕着，說枕了不會生熱痱。這小小香雲紗枕套，給了我不知多少個清涼無比的夏夢。

一直以為這種衣料只有老婆婆才會穿，怎料設計師把香雲紗翻陳出新，揚棄舊款，改成無領對襟，衫領衣腳鑲滾，富中國色彩，價錢不菲哩。

一襲香雲紗，教我懷緬良久，售貨員以為我有意購買，上前兜售，我方夢醒。而臉頰脖子，彷彿猶沁着香雲紗的清涼，以及姑婆入微的體貼。

一九八七年五月

採標本

記得中三生物課，老師解說葉的形態和葉脈的種類，並吩咐我們採集標本，用實物來印證書本的知識。

學校隔壁有個小公園，全班同學心靈感應般，不約而同把公園當作採集標本的天堂。午膳後，三五成群聯袂朝公園去。公園雖小，然而清幽怡人，草木葱蘢。我們一湧而進，分頭尋寶，遙見夾竹桃，立刻尖叫：「千萬別碰，夾竹桃有毒！」俯見含羞草，便用鞋尖輕輕逗弄，含羞草連忙低垂合掌，我們樂得咭咭笑。有些葉子高高懸在枝椏上，要縱身一躍才能摘下來，這正好讓我們大展輕功。幾十個女孩子蝴蝶般穿梭於陰陰夏木間，直至採得郁郁滿懷才思返。

怎知在小路上，碰見了校長的妹妹，她金魚般的大眼睛瞪着我們手中的樹葉，厲聲喝問，嘴巴一張一合一合一張，唬得我們倒退半步，支支吾吾便把實情供出。

乘興而去，敗興而歸，激憤的同學痛罵一番：「呸！這老巫婆不是先生，又不是文員，不學無術，偏甚麼事都要管，她有啥本領，不過狐假虎威罷了！」老巫婆在校內早已惡名遠播，芝麻綠豆的小事也可以搞得滿城風雨，今回給她抓住了辮子，準死無疑了。

我們一整天都震慄不安，生怕校長斥責加罪，把全班操行降一等，甚至記過、見家長等。山雨欲來風滿樓的低氣壓籠罩着整個課室，我們待刑般聽候發落。

可是一切都在意料之外，我們居然安然無恙。

只是下回上生物課時，老師沉着臉走進來，聲調比往常低緩了許多，語氣沉痛多於責備，失望多於埋怨，可以猜想她受了多少委屈。禍是我們闖的，結果受責的，竟是老師。我們個個都低頭噙淚，那份難過，甚於記過幾倍。

那一課，老師並沒有講書。然而，在這一堂課裏，我們在痛苦中成長了。

一九八七年三月

天台小學代課

記得剛考完中學會考，正是六月，很想找些既可掙錢又毫無危險的臨時工作，便往教育司署登記代課。沒多久，一間小學來電，着我即日下午往該校代課一周，地點在油塘。

從沒到過油塘，一登上小巴，忙把地址告訴司機，請他提醒我下車。小巴從觀塘出發，走了沒幾分鐘司機便嚷我下車。一跳下車，縱目四顧，不禁一呆，面前是一幢幢舊式七層高的徙置大廈，哪有學校影蹤？看看手中地址，卻又不誤，只好向路人借問。一個用牙簽剔着牙，把左腳尖擱在右腳面上的婦人，揚揚頭，示意前面說：「從這條樓梯直上，見到天台就是了。」

我瞪大眼睛，望着那道光線不足，不知要蜿蜒往甚麼地方的階梯，舌頭一時拙得不會說謝謝，「天台小學」這名詞頓時湧上心間。

透過教育司署聘請代課教師的小學，論理該是津貼的。我心目中的津貼小學，應該有一座四層高獨立校舍、面積不小的操場，高高的籃球架垂着網，校園一側有小小花圃……天台，哪有這些設備規模呢？

樓梯不窄，但很骯髒，果皮、煙包、紙屑、痰涎、尿味混而為一，我好像一下子墜入罪惡黑點，甚麼梯間悍匪、色魔突襲、道友勒索等等新聞字眼都在腦間狂轉，懷裏像揣了隻野兔，心卜卜地跳，一面拼命向上衝，一面頻頻下望，看看可有魔爪的影蹤，一時間杯弓蛇影、草木皆兵，警覺性高到接近臨界，我緊張得像一把拉盡了的弓。

奔上天台，已然大汗淋漓，有位主任來接見我，我連忙問了一個當時以為要急於了解，於今日看來卻實在冒昧的問題：「這是津貼小學嗎？」主任投我一個不太友善的眼神，肯定道：「當然！」然後補充一句：「所有代課老師的日薪都是三十七元，這個你曉得吧。」

我覺得給誤會了，可又不願解釋，便不作聲。適才一番驚惶，接着得準備上課。

校舍是在天台上加建而成的，課室一間連着一間，約有七八間，面積還可以，也有壁報板，牆壁留下頗多頑童的傑作。我這樣打量着課室的一切，同樣，學生也這樣把我端詳。我扯大嗓門授課，座中難免有蠢蠢欲動的份子，覷我一轉身寫黑板就作游擊戰，待我掉過頭來即偃旗息鼓，還偷偷互遞得意的笑容。然而一兩天過去後，覺得他們雖是頑皮，可還未至於頑劣，只要態度友善一點，他們也肯合作的。

至於那道樓梯，我仍心存戒懼，下課時已近傍晚，所以一定隨大伙兒離去；上課時則寧在梯口等候，見有家庭主婦，才隨着人家的腳步登樓。

我生性木訥，環境又陌生，所以老是低頭批改習作，很少與人家聊天。有天卻聽到一段對白：「昨天我在裕民坊碰見你班上那隻懶精 XXX，他捧着一大袋棉紗，嘿！那袋東西比他還要高，他一見我就溜，鬼祟！」「嗳，是嗎？」是淡然若無其事的語調。

鈴聲響過，我立起來，從休息室往課室，得走一小段露天的路，日頭好厲害，我覺得有點昏昏。那堂是教育電視，畫面是一對兄妹，正為買父親節禮物而躊躇，兩人在美孚海傍商量，海風吹得衣袂飄飄，有種說不出的優悠，後來兩人在永安百貨公司買了一條「金利來」領帶，滿臉愜意，攜着裝潢華美的禮品含笑離去……

學生並不專心收看，低低的嬉笑聲時斷時續。許是天氣太熱，難以凝神；許是畫面的世界離他們太遠太遠，遠得像童話。

而在我眼前晃動的，朦朦朧朧是一個為幫忙家計而捧着大袋棉紗的小孩，一臉汗珠，一臉尷尬，「嘿！那袋東西比他還要高」……

一九八七年七月

尋花問柳在花墟

花，一朵也好，一束也好，已教人神往，教人愛之憐之。而有個地方，竟然花聚成墟，香飄十里，那份風光是何等旖旎呢！

所謂花墟，原是鮮花的集散地。荷蘭、紐西蘭、斯里蘭卡、新加坡、台灣、大陸以至本港的鮮花，都全由這兒買賣，真是千紅一窟。

多年前的花墟，位於界限街，那兒並無固定店鋪，鮮花批發商只在夜半時把車泊在路邊，等待零售商光顧。後來花墟遷進了花墟道，漸具規模，有店有舖了。

花墟道背依車水馬龍的太子道，面向綠油油的大球場，從太子道或洗衣街一拐入花墟道，就彷彿從鬧市轉入幽村一樣，花墟真是別有洞天。

花墟道不長，那些店鋪並不講究裝修，前幾間賣盆栽和中國蘭，之後十來間都是鮮花批發店。人在花叢，閑步賞花，目不暇給，真有醺醺欲醉之感。

鮮花一離開泥土，就給裝在紙皮箱裏，一般都用膠袋包裝，脆弱如玫瑰、鬱金香，會用瓦通紙來保護。外地的花空運而至，大陸和本地的花也踏着風火輪來，那種分秒必爭的態度，真有點「一騎紅塵妃子笑」的味道。

花是天下至嬌至柔之物，原需多加呵護，再三憐惜。在他們眼中，花，不過是可圖利的貨物而已，於是許多廉價花卉傍在一旁，不用水養。花，又怎能失水呢？我看了只覺心痛。

買花是要留意季節，而且每間店鋪來貨不盡相同，要挑點特別的花如蕙蘭、向日葵等，便得多走幾家了。至於價錢的差距不算太大，想是成行成市，顧客也會「貨比三家不吃虧」，商人未敢開天殺價。

悠悠然繞花墟一匝，買了一束小百合、幾片獨腳青，一盤半月形的花已醞釀心裏。而襟上，淡淡然，不知是沾了哪些花香。

一九八七年八月

水仙

生命是甚麼呢？那時上哲學課時，我常常思索，卻又常常迷惘……如今，一株水仙，無端的教我默想起來。

原來在市面上出售的水仙頭，已不知貯放了多久了，可是不用冷藏，毋須特別處理，一簍簍一箱箱密封妥當，就從漳州運來。水仙頭給擠在一起，連吸一口氣也不容易，不過只消一缽清水，所蓄所蘊的生命力，就迸發成郁郁清芬，一縷一縷的飄來。

輕輕把水仙頭的外衣剝去，這層衣不怎麼好看，卻能防止失水，又可保護嫩滑的球莖。褐色的衣質硬而脆，一折就斷，咔嚓的聲音，像細細的呻吟。

褪衣後的水仙，露出乳白色的肌肉，新嫩可喜。基部仍積滿泥，要用小刀刮去。這層功夫除了去泥、刮去已死的細胞外，還刺激了根部的活細胞，使生機更活潑。水仙給小刀一下又一下的刮下去，一定叫痛了。縱使不動刀，水仙頭依然會抽芽開花，植物的生長力怎能小覷呢？可是不用刀去割，抽芽時會困難一點，開花亦會遲一些，可能趕不及應新春之景了。

我執着雕刻刀，沒有猶疑，動起刀來。用人工的方法來控制開花，水仙不會怪我多事吧。摸摸水仙頭，分清軟硬，便不會毀了好好一莖花。下刀時手要輕，不可躁急，不能太狠，要一層復一層的往下輕割，但要知其所止，待花葉有足夠的空間可鑽出頭來時，便要停刀了。

這兒一刀，那兒一刀，水仙頭像經歷了變故重重——半爆裂了。裂痕裏藏着痛楚，裂痕間隱現新芽。黏黏稠稠的液汁慢慢滲出來，這些液汁，原是在缺水時補充水仙頭內的水分的。加一點清水，先棲在幽暗角落一夜；翌日無數短短的鬚根長出來了，再移到光線充足的地方。天天換水，只待三星期，就有一盆水仙含蕊吐香了。

水仙詮釋了生命。上天早已賦予生命，不過我們還可以加一點掙扎，這裏面有痛楚、有失落、有等待，也許，有一點收成吧。

一九八八年二月

附錄　秀蓮老師

吳以然

秀蓮不讓我稱她老師，而我覺得除此之外，絕無更合適的。何況她本身就是官立中學的教師。今春相聚，得其贈書《風雨蕭瑟上學路》。書名中「上學路」三個字一下子攫住我心。在內心深處，我們都不脫女學生氣，至今仍有着共同的女生記憶、憧憬、靦腆、敏感，甚至誠惶誠恐。

我特別喜讀秀蓮在《此生或不虛度》中的一段文字：「這幾十年來，隨着香港的浪濤，我在泗水，在掙扎，從草根而中產，從貧賤而小康，從唐樓而私人屋邨，從雜工而教師，從貧女的呻吟而新女性的自在。」

這段自述讓人讀出幾分張岱似的自得。但隨後她本能的感傷又上來了：

「似乎是雲淡風輕晴光瀲灩了，然而，心緒最寧靜時，湧上心間的，常常是姑婆憂怨的凝眸，父親的愁眉，母親的怒目，親友的白眼，而淚水，便忽而盈眶。原來過去並未過去，滄桑早已寫上眉頭，寫在紙上。」

看多了秀蓮的憂傷、謹慎，我會越加欣賞她偶而顯露的神采飛揚、驕傲自得，加上幾句她特有的俏皮話，抵死好笑。最難忘，秀蓮在反諷中展開的對貧窮的回憶和自嘲，讓人百般滋味在心頭，低徊在此。秀蓮為人師表，謙抑自牧，孱弱的體質不乏成人之美的胸襟。她是香港中文大學正在展出的「九十風華帝女花」粵劇展的幕後英雄。整個佈展，她殫精竭慮，一展中文老師的文字功力：凝練，雅馴。真想當面對她說：秀蓮老師，「仰天大笑出門去，吾輩豈是蓬蒿人」。

二〇一七年七月六日

〔遇上散文〕

揚眉策馬

責任編輯　張佩兒
裝幀設計　簡雋盈
插　　畫　李詠兒
排　　版　陳美連
印　　務　林佳年

作　　者　黃秀蓮

出　　版　中華書局（香港）有限公司
香港北角英皇道四九九號北角工業大廈一樓B
電話：（852）2137 2338
傳真：（852）2713 8202
電子郵件：info@chunghwabook.com.hk
網址：http://www.chunghwabook.com.hk

發　　行　香港聯合書刊物流有限公司
香港新界荃灣德士古道二二〇－二四八號荃灣工業中心十六樓
電話：（852）2150 2100
傳真：（852）2407 3062
電子郵件：info@suplogistics.com.hk

印　　刷　美雅印刷製本有限公司
香港觀塘榮業街六號海濱工業大廈四樓A室

版　　次　二〇二二年十一月初版

規　　格　三十二開（190 mm × 130 mm）

ISBN　978-988-8808-80-9

香港藝術發展局
Hong Kong Arts Development Council 資助